D1735851

BASTEI LÜBBE G.F. UNGER IM
TASCHENBUCH-PROGRAMM:

G.F. UNGER

O'Hara

Western-Roman

BASTEI LÜBBE TASCHENBUCH
Band 45 253

1. Auflage: August 2004

Vollständige Taschenbuchausgabe

Bastei Lübbe Taschenbücher
ist ein Imprint der Verlagsgruppe Lübbe

Originalausgabe
All rights reserved
© 2004 by
Verlagsgruppe Lübbe GmbH & Co. KG,
Bergisch Gladbach
Lektorat: Will Platten
Titelillustration: Prieto/Norma Agency, Barcelona
Umschlaggestaltung: QuadroGrafik, Bensberg
Satz: Wildpanner, München
Druck und Verarbeitung:
AIT Trondheim, Norwegen
Printed in Norway
ISBN 3–404–45253–4

Sie finden uns im Internet unter
www.bastei.de
oder
www.luebbe.de

Der Preis dieses Bandes versteht sich einschließlich
der gesetzlichen Mehrwertsteuer

Ein Western – das ist Urtümlichkeit

Gerade in seiner Einfachheit und Schlichtheit spricht er alle Urelemente des menschlichen Daseins an.

Er zeigt die Reinen und die Sündigen und predigt doch keine aufdringliche Botschaft.

Ein Western ist Ehrlichkeit. Direkt und ungeschminkt nennt er Dinge beim Namen. Und wenn es auch nur eine einfache Geschichte ist, sollte man sie doch mit der Kraft eines Homer erzählen können.

G. F. Unger

1

Als ich die Häuser und Hütten der kleinen Stadt vor mir sah, da konnte ich vor Freude nur noch heiser krächzen. Mehr brachte ich nicht heraus. Denn ich war ausgetrocknet wie ein Schwamm in sengender Sonnenhitze.

Und ich war zu Fuß, weil sie mir vor drei Tagen das Pferd gestohlen hatten, als ich in einer Wasserstelle badete.

Dieses herrliche Bad hatte ich teuer bezahlen müssen.

Ja, sie hatten mir mein Pferd und überdies meinen ganzen Besitz gestohlen, zu dem auch meine beiden Waffen gehörten, nämlich mein Revolver und der Spencer-Karabiner. Sie waren lachend davongeritten.

Ich aber machte mich im Unterzeug auf den Weg und folgte ihrer Fährte.

Dass ich Unterzeug trug, lag an meiner praktischen Begabung. Denn ich hatte das Unterzeug mit ins Wasserloch genommen, um es zu waschen. Und so musste ich es nur noch in der Sonne trocknen. Das ging schnell auf einem heißen Felsen, auf dem man gewiss auch Spiegeleier hätte braten können.

Nun, ich sah also die paar Häuser und Hütten der kleinen Stadt vor mir und wusste sicher, dass es kein Trugbild war.

Ja, das war eine Stadt, in der gewiss Christenmenschen lebten, von denen ich Hilfe erwarten konnte. Aber das war gar nicht so sicher, denn ich kannte die

Menschen inzwischen und wusste längst, dass nicht jene, die am meisten beten, wirkliche Christen sind.

Und was mein Pferd betraf, so gab es in diesem Zusammenhang jenen Spruch: »Weit weg von Gott und der Familie ist ein Pferd immer das Wichtigste.«

Und weil das so war, wurden in Texas und auch anderswo Pferdediebe an den Hälsen hoch gezogen, bis man sicher war, dass sie nie wieder Pferde stehlen würden.

Nun, ich befand mich schon lange nicht mehr in Texas, denn ich war in den vergangenen Jahren immer weiter nach Norden gezogen. Aber auch dort galt gewiss dieses ungeschriebene Gesetz.

Ich machte mich wieder auf den Weg. Bis zu der Stadt war es nur noch etwa eine halbe Meile. Und die würde ich auch noch schaffen, zumal nun die Hoffnung in mir wie ein Lebenselixier wirksam wurde.

Es war eine wirklich kleine Stadt am Rand der Bunten Wüste. Der staubige Wagenweg führte hinein, quer über den Platz und nach Norden zu wieder hinaus.

Auf dem Platz war ein Brunnen mit einem Wasserbecken. Ich warf mich mit dem Oberkörper hinein und dankte meinem Schöpfer, dass er mich hierher gelangen ließ.

Als ich mit meinem Kopf nicht mehr länger unter Wasser bleiben konnte und auch genug geschluckt hatte, richtete ich mich schnaufend auf und sah mich um.

In meinem Kopf herrschte wieder einigermaßen

Klarheit. Und so konnte ich die Sachlage ziemlich schnell erkennen und begreifen.

Auf der Nordseite des Platzes befand sich der Painted Desert Saloon. Der Wagenweg führte an ihm vorbei in Richtung Utah.

Hinter mir – ich sah es, weil ich über die Schulter blickte – befand sich auf der Südseite der General-store.

Und hier hatte sich eine Männergruppe versammelt, die auf mich ziemlich ratlos und verbittert wirkte, unentschlossen und eingeschüchtert wie eine Hammelherde bei Wolfsgeheul in der Ferne.

Aber das Geheul, das ich hörte, kam aus dem Saloon. Es waren trunken klingende Männerstimmen und das schrille Kreischen von Mädchen. Und so begriff ich, dass dort im Saloon ein wildes Fest gefeiert wurde.

Ich wandte dem Saloon den Rücken zu und setzte mich zu der Männergruppe vor dem Store in Bewegung. Sie sahen mir misstrauisch und missbilligend entgegen. Ihre Blicke und das, was sie ausströmten, sagte mir, wie wenig ich willkommen war, wie sehr sie eigene Probleme hatten.

Aber ich versuchte es dennoch mit den Worten: »Gentlemen, ich könnte Hilfe gebrauchen. Ich wurde ausgeraubt, als ich vor drei Tagen in einem Wasserloch ein Bad nahm und mein Unterzeug wusch. Die Fährte der Pferdediebe führte hierher. Sie müssen hier durchgekommen sein, vielleicht gestern erst. Wenn das so ist, dann müssen sie einen schwarzweißen Pinto bei sich gehabt haben.«

Als ich verstummte, da sahen sie mich an, als

verspürten sie eine Befriedigung, wie Menschen, die erkennen, dass es ihnen auf dieser verdammten Erde nicht allein dreckig geht und sie Leidensgenossen haben.

Einer erwiderte trocken: »Sie sind hier richtig, Mann. Die Pferde der Kerle stehen hinter dem Saloon. Und sie hatten auch ein lediges Pferd dabei, einen Pinto. Ab wir werden Ihnen nicht helfen können. Sie haben unseren Marshal erschossen, gestern schon. Er war ihnen nicht gewachsen, denn eigentlich war er nur unser Schmied und Wagenbauer. Wir begriffen schnell, dass sie Revolverschwinger sind, gegen die wir keine Chance haben. Eine Witwe mit zwei kleinen Kindern sind genug. Und so warten wir hier, bis sie weiter reiten. Irgendwann werden sie ja genug haben.«

Der Mann verstummte bitter. Offenbar war er der Storehalter. Und auch die fünf anderen Männer sahen wie Bürger der kleinen Stadt aus, mochten Schreiner, Sattler oder Brunnenbauer sein, also irgendwelche nützliche Berufe haben, ohne die eine Stadt nicht aufblühen kann an einem Wagenweg, der aus der Painted Desert kommt und weiter nach Norden führt.

Mir fiel wieder ein Spruch ein, der eigentlich von Anfang an meinen Lebensweg begleitete und der mir schon als Junge half, mich unter anderen Jungen zu behaupten.

Dieser Spruch war für mich eine Weisheit, denn er lautete: »Der feige Hund wird am meisten geprügelt.«

Ja, so war es wohl.

Ich verspürte nun ein Gefühl des Mitleids mit den sechs Männern. Aber dann begriff ich, dass sie Familienväter waren, Frauen und Kinder hatten.

Sollte ich sie also als Feiglinge verachten?

Nein, das stand mir nicht zu. Überdies lebte ich nach dem Motto, dass jeder Mann sein eigener Hüter ist.

Und so lag es wohl auch hier allein an mir.

Dennoch brauchte ich Hilfe. Und so fragte ich: »Sind Sie der Storehalter?«

Der Sprecher von vorhin nickte.

»Dann borgen Sie mir einen Revolver«, verlangte ich. »Sie bekommen ihn wieder, sobald ich meine eigene Waffe wieder an mich gebracht habe. Ich brauche einen guten Colt mit einer gefüllten Trommel. Und zuvor müsste ich ein paar Happen zu essen bekommen und auch einen starken Kaffee dazu.«

Sie staunten mich an. Gewiss begriffen sie endlich, dass ich zu einer anderen Sorte gehörte als sie und nur in meinem zerrissenen Unterzeug so armselig wirkte, voller Kletten, Risse und Dornenwunden war, mit blutigen Füßen und halb verhungert.

Nein, ich bot keinen imposanten Anblick, sah eher aus wie ein Mann, der aus dem letzten Loch pfiff, am Ende war und mildtätige Hilfe brauchte.

Jetzt aber witterten sie in mir einen halb verhungerten zweibeinigen Wolf.

Sie begriffen, dass ich in den Saloon gehen und dort kämpfen wollte.

Vielleicht spürten sie nun Scham wegen ihrer Feigheit. Und weil das so war, mochten sie mich noch weniger.

Aber das war wohl nur menschlich. Die Guten und Edlen auf dieser Erde sind nicht so zahlreich. Denn die Linie, die all diese Typen trennt, verläuft quer durch jedes Menschenherz.

Der Storehalter nickte plötzlich und erwiderte: »Kommen Sie herein, Mister. Wie ist denn Ihr Name?«

Ich zögerte, denn mein Name war im Südwesten bekannt. Ich besaß einen fast schon legendären Ruf. Nun, ich zögerte also. Doch ich brauchte was zu essen und einen geladenen Revolver.

Und so erwiderte ich: »Mein Name ist O'Hara, Jones O'Hara.«

Als ich verstummte, da schwiegen sie. Und so wusste ich, dass mein Name hier noch nicht bekannt war. Mein bitterer Ruhm war noch nicht so weit nach Norden vorgedrungen.

Ich folgte dem Storehalter. Und mir folgten die anderen Männer.

Drüben im Saloon aber wurde der Lärm noch lauter. Jemand hämmerte auf dem Klavier herum, und einige Mädchenstimmen kreischten schrill.

Die Kerle dort drinnen demütigten die kleine Stadt, weil sie herausgefunden hatten, wie feige sie war. Sie genossen die Furcht der Bürger wie eine Droge, an der sie sich berauschten, um sich gewaltig fühlen zu können. Sie gehörten zum Abschaum und Dreck der Erde.

Drinnen trat der Storehalter hinter den Ladentisch und holte unter diesem einen schwarzen Kasten herauf, stellte ihn vor mir hin und öffnete den Deckel.

Ich sah einen prächtigen Revolver, der mir von

Anfang an gefiel. Es war keine protzig aufgemachte Waffe mit hellem Beingriff, aber sie strömte von Anfang an etwas aus, was mir Vertrauen gab. Dieser Revolver sah sehr einfach und solide aus und hatte einen fast schwarzen Kolben. Es gab keine Ziselierungen oder Gravierungen. Nur der Rahmen war bunt gehärtet, und wenn diese Härtung von einem Künstler vorgenommen worden war, dann hatte er die Färbe richtig anlaufen lassen, bevor er den Rahmen in Öl abschreckte.

Und wenn das so war, dann hielt dieser Whitneyville Walker etwas aus. Er hatte das Kaliber vierundvierzig und einen ziemlich langen Lauf.

Ja, er strömte Vertrauen aus, das ich spürte, als wäre er ein lebendiges Wessen, kein totes Metall.

Sie sahen mir schweigend zu, wie ich den Revolver aus dem Kasten nahm und in der Hand wog, sozusagen in ihn hineinfühlte.

Die Waffe war wunderbar ausgewogen. Der Kolben innen war mit Blei gefüllt, also ausgegossen. Und er hatte keinen Abzug. Man musste also beim Schießen mit dem Daumen nur immer wieder den Hammer zurücklegen und loslassen.

Die Trommel drehte sich wunderbar leicht.

Der Storehalter sagte heiser: »Dieser Revolver gehörte einem Revolvermann. Sein Name war Ben Tyler. Er konnte damit wie ein Zauberer umgehen. Aber als er an einem Pokertisch saß und die Karten mischte, da schoss ihm jemand durch das Fenster zwei Ladungen Schrot in den Rücken. Was nützte ihm da der wunderbare Revolver? Ich nahm die Waffe als Gegenwert für seine Beerdigung in

Zahlung. Er bekam einen guten Sarg und einen Stein auf seinem Grab.«

Der Storehalter machte eine Pause und fragte dann: »Wollen Sie es wirklich wagen, Mister O'Hara?«

»Ich muss«, sagte ich und grinste. »Was bleibt mir anderes übrig? Sie nahmen mir mein Pferd, meine Waffen und alles, was in meiner Sattelrolle und in den Satteltaschen war. Auch mehr als hundert Dollar nahmen sie mir. Soll ich sie freundlich bitten, mir alles Gestohlene zurückzugeben? Mein Pinto ist ein Zweihundert-Dollar-Pferd.«

Sie schwiegen einige lange Atemzüge. Dann murmelte einer: »Halten Sie uns nur nicht für feige, denn ...«

Er verstummte zerknirscht.

Der Storehalter aber sagte: »Wollen Sie eine Hose und ein Hemd, Mister O'Hara? Und sollten Sie es nicht schaffen, dann übernehme ich die Kosten für Ihre Bestattung. Stiefel bekommen Sie gewiss nicht über Ihre blutigen Füße. Doch ich hätte ein paar weiche Mokassins, wie die Utes und Kiowas sie tragen.«

»Was ich jetzt brauche, ist ein Steak und einen Topf starken Kaffee. Und für mein Füße haben Sie gewiss in Ihrem Store eine Pferdesalbe.«

Er nickte heftig. Dann rief er in den Hintergrund des Ladens hinein: »Hast du das gehört, Sally? Mach ihm ein gutes Steak und einen starken Kaffee, so als würdest du das für mich zubereiten.«

Eine hübsche Frau kam aus der hinteren Abteilung des Store zum Vorschein und sah mich an.

»Er braucht auch neues Unterzeug«, sagte sie und

lächelte. »Sie werden bei mir in der Küche essen«, entschied sie.

Ich grinste sie an und wusste, dass ich gar nicht gut aussah, nämlich stoppelbärtig, sonnenverbrannt, hohlwangig. Doch meine heisere Stimme klang dennoch höflich und respektvoll, als ich sagte: »Danke, Ma'am. Sie sind sehr freundlich.«

Sie verschwand eilig.

Ich aber nahm die Trommel aus dem Perkussions-Revolver und begann sie zu laden.

Denn der Storehalter legte mir alles auf den Ladentisch, was zum Laden notwendig war. Ich setzte die geladene Trommel wieder ein und steckte die Zündhütchen auf die Pistons.

Der Storehalter brachte den Revolvergurt. Ich warf ihn um meine Hüften und schnallte ihn so, dass die Waffe unter meiner Hüfte hing.

Dann grinste ich die Versammlung an und sprach heiser: »Ich werde mich später umziehen. Denn zuvor werde ich baden müssen.«

Sie alle sahen mich an, als hätte ich zwei Köpfe oder sonstige Abnormitäten.

Sie waren redliche Bürger, Geschäftsleute, Handwerker. Sie mussten mich als eine Art zweibeinigen Wolf empfinden. Zwischen uns lagen Welten. Und deshalb waren sie eigentlich beneidenswert in ihrer Friedlichkeit, die sie zugleich auch hilflos machte wie eine Schafherde, die ohne Hirten verloren ist.

Aber sie mussten nicht kämpfen.

Einer sagte heiser: »Viel Glück, Mister O'Hara. Wir haben gesehen, wie sie unseren Marshal erschossen, so als wäre er ein dummer Hammel. Vielleicht sind

15

wir alle nur wehrlose Hammel, weil wir an unsere Frauen und Kinder denken müssen. Oh, verdammt, es ist zum Kotzen!«

Der Mann eilte hinaus.

Die anderen folgten ihm, und ich wusste, dass sie sich schämten und diese Scham nicht würden verdrängen können bis ans Ende ihres Lebens.

Der Storehalter sah mich an und fragte: »Verachten Sie uns?«

»Nein«, erwiderte ich, »aber es ist nun mal so, dass der feige Hund die meisten Prügel bekommt. Warum habt ihr in solch einem Land diese Stadt gegründet? Ihr hättet dort bleiben sollen, wo die Schwachen vom Gesetz beschützt werden, wo es Recht und Ordnung gibt. Ihr seid zu schwach und zu hilflos wegen eurer Familien, um Recht und Ordnung zu schaffen.«

Er nickte stumm.

Dann hörten wir aus dem Hintergrund des Stores, wo sich offenbar auch die Küche befand und es hinaus zum Hof ging, das scharfe Zischen eines Steaks in einer heißen Pfanne.

Und so setzten wir uns in Bewegung.

Ich war fast ohnmächtig vor Hunger und würde bald umfallen.

2

Es war eine Stunde später, als ich den Store verließ. Aus dem Saloon klang immer noch das Hämmern des Klaviers, das Gebrüll der Männer und das Kreischen der betrunkenen Mädchen, die man sicherlich gegen ihren Willen in diesen Zustand versetzt hatte. Nun, ich wusste genau, in was ich mich einkaufte. Doch ich musste es tun. Ich hatte einmal in einem schlauen Buch gelesen, dass die Alternative der Gewalt das Recht sei. Aber wie kann man gegen die Bösen Recht schaffen ohne Gewalt?

Darüber hatte ich schon oft nachgedacht und keine Lösung gefunden.

Und so war ich unterwegs, um mein Recht mit Gewalt zu erringen.

In der Stadt war es totenstill. Nichts regte sich. Niemand war zu sehen.

Ich wusste, dass mich niemand zum Saloon gehen sehen wollte. Denn dann würden sie alle ihre Scham noch stärker spüren.

Aber ich bot ja auch keinen besonders prächtigen Anblick, obwohl ich sechs Fuß und drei Zoll groß war, prächtig proportioniert und geschmeidig in meinen Bewegungen. Eigentlich war ich ein Bild von einem Mann. Und niemals hatte ich Schwierigkeiten gehabt bei einer Frau.

Doch jetzt trug ich zerrissenes rotes Armee-Unterzeug, ging auf blutigen und angeschwollenen Füßen durch den Staub und trug dennoch stolz wie ein Ritter sein Schwert den Revolver im Holster.

Auf den Kopf trug ich meinen Hut, einen schwarzen Stetson. Denn den hatten sie mir gelassen.

Es war später Nachmittag.

Zu meiner Rechten tauchte die Sonne hinter den fernen Hügeln unter. Ich setzte Schritt vor Schritt und fühlte mich recht gut. Denn das Steak und all die Beilagen verwandelten sich in mir längst in Säfte und Kräfte. Und der starke Kaffee hatte aus meinem Kern die alten Lebensgeister hochkommen lassen.

Ja, ich war bereit und wusste zugleich, dass es mich erwischen konnte und ich hier in Painted Desert City vielleicht ein Grab bekommen würde.

Der Storehalter hatte es mir versprochen.

Und seine Frau hatte in ihren Augen einen Blick, den ich bei Frauen schon kannte. Ja, für sie war ich ein richtiger Mann, kein Weichei. Sie war eine hübsche Frau in meinem Alter. Ihr Mann hätte fast ihr Vater sein können.

Ich wischte meine Gedanken und Empfindungen weg. Denn nun hatte ich den Eingang des Saloons erreicht. Ich zögerte nicht, sondern trat ein.

Plötzlich war alles ganz einfach, ja, so gottverdammt einfach.

Denn ich hatte ja nur zwei Möglichkeiten, nämlich abhauen oder kämpfen.

Irgendwelche Illusionen konnte ich mir nicht machen. Die Kerle dort drinnen hatten den Marshal der kleinen Stadt erschossen, den Schmied und Wagenbauer, der das Marshalsamt nur nebenbei ausübte, weil sich sonst niemand dazu bereit erklärt hatte. In solch kleinen Städten war der Schmied zumeist auch der Hauptmann der Feuerwehr, also ein tatkräftiger Anführer, der Verantwortung übernahm.

Und dieser Mann war hier erschossen worden.

Ich verspürte eine tiefe Verachtung gegen die Bürger dieser armseligen Stadt. Denn sie hatten ihren besten Mann im Stich gelassen. Er war allein gewesen.

Und auch ich war allein. Aber ich wollte alles zurückhaben, was sie mir gestohlen hatten. Also musste ich kämpfen und es allein gegen sie aufnehmen.

Doch ich kannte das bittere Gefühl der Einsamkeit, hatte ich doch schon oft allein auf mich gestellt gekämpft.

Ich trat also ein.

Im Saloon war es dunkler als draußen auf dem Platz. Es herrschte fast schon Halbdunkel. Denn draußen war ja die Sonne gesunken. Von Osten war die Abenddämmerung herangekrochen. Bald würde die Nacht kommen und alles mit ihrem Mantel zudecken.

Einer der Kerle saß am Klavier in der Ecke und hämmerte darauf herum, so wie es ein Affe aus Freude am Lärm nicht anders getan hätte.

Die beiden anderen Kerle tanzten mit den Mädchen auf dem freien Raum vor dem Schanktisch, sangen brüllend dazu. Und die Mädchen kreischten gewiss nicht vor Freude, sondern wohl nur deshalb, weil sie dann alles leichter ertragen konnten. Sie waren betrunken und den drei Kerlen hilflos ausgeliefert.

Es wurde plötzlich still, denn sie hatten mich wahrgenommen.

Auch der Klavierspieler drehte sich auf den Schemel um und starrte zu mir her.

Dann stieß er einen wilden Schrei aus und brüllte: »Heee, kennt ihr den?«

O ja, sie erkannten mich, obwohl ich nur zerfetztes Unterzeug trug, zu dem mein schwarzer Stetson einen nobel wirkenden Kontrast bildete.

Die Mädchen lösten sich von den Kerlen und wichen zur Seite. Und das dritte Mädchen, das bei dem Klavierspieler stand, glitt hinter das Klavier in die Ecke und tauchte dort unter, wurde in Deckung des Klaviers unsichtbar.

Sie waren erfahrene Mädchen.

Es war wieder still. Dann sagte einer heiser mit schwerer Zunge: »Ja, den kennen wir, Ringo. Den sahen wir vor drei Tagen im Wasserloch hocken. Vielleicht hätten wir ihn erschießen sollen. Denn nun ist er hier. He, warum bist du unserer Fährte gefolgt, du verdammter Narr?«

Es war eine böse drohende Frage.

Ich erwiderte: »Ihr hattet mir doch gesagt, dass ich euch gewiss in der nächsten Stadt finden würde. Das hielt ich für eine Einladung. Und jetzt bin ich hier und habe einen Revolver.«

Sie staunten. Weil sie ziemlich angetrunken waren, fiel ihnen das Denken schwerer als sonst. Doch dann begriffen sie, dass ich es mit ihnen aufnehmen wollte, obwohl ich in meinem Zustand nicht besonders beachtlich wirkte.

Einer fragte: »He, haben sie dir einen Revolver gegeben, damit du für sie kämpfst, weil sie selber zu feige dazu sind?«

Aber ich ging auf seine höhnende Frage nicht ein, sondern fragte meinerseits: »Auf was wartet ihr noch?«

Da brüllten sie los, so als hätten sie nur auf meine Herausforderung gewartet. In ihren trunken klingenden Stimmen war richtige Begeisterung.

Dann krachten unsere Revolver.

Ich schlug sie glatt im Ziehen. Zuerst traf ich den Klavierspieler, dann einen der beiden anderen Kerle. Als ich auf den Dritten schoss, da sah ich in sein Mündungsfeuer.

Seine Kugel traf mich wie eine Keule am Kopf.

Und so fiel ich um und wusste von nichts mehr.

Irgendwann sah ich ein Gesicht über mir, welches ich kannte. Denn es hatte mir von Anfang an gefallen. Es gehörte jener Sally, der jungen Frau des Storehalters, die mir das prächtige Steak gebraten hatte.

Ja, ich erkannte ihr hübsches Gesicht wieder, doch ich vermochte mich nicht zu freuen, denn in meinem armen Kopf hämmerte es bei jedem Herzschlag.

Und so fragte ich heiser: »Was ist, Sally?«

Ja, ich erinnerte mich sofort wieder an ihren Namen.

»Aaah, mein Freund«, erwiderte sie, »es ist nur ein Streifschuss zwei Fingerbreit über dem linken Ohr. Du liegst in einem Bett unseres Hotels. Und ich habe deine Pflege übernommen. Wenn du dich besser fühlst, lasse ich eine Badewanne aufs Zimmer kommen. Du hast eine schwere Gehirnerschütterung. Ich kenne mich aus, denn ich war während des Krieges Krankenschwester in einem Armeelazarett.«

Ich starrte zu ihr hoch, und trotz meines hämmernden Kopfes gefiel sie mir immer besser. Sie war eine von den Frauen, die einem immer mehr gefallen, je länger man mit ihnen zu tun hat.

Aber dann fiel mir wieder ein, dass ich gekämpft hatte.

Und so fragte ich: »Sind sie tot?«

Sie nickte stumm. Doch als ich heiser fragte: »Ich habe sie also alle drei erschossen?«, da schüttelte sie den Kopf und erwiderte fast tonlos: »Nein, du hast sie nicht getötet, mein Freund, du nicht. Sie lebten noch, aber sie konnten nicht mehr kämpfen. Die stolzen Bürger dieser Stadt haben sie totgeschlagen. Und das war für sie ungefährlich. Sie haben die drei Kerle totgeschlagen, totgetreten. Und nun schämen sie sich wahrscheinlich noch mehr als zuvor. Dich aber werden sie hassen, weil du der einzige richtige Mann in dieser Stadt bist.«

Ich schloss die Augen und dachte nach, so gut ich das konnte.

Ja, die Bürger von Painted Desert City konnten mir nur Leid tun. Ich vermochte sie nicht einmal zu verachten. Sie waren voller Scham gewesen wegen ihrer Feigheit. Dann war ich gekommen und hatte gekämpft. Sie hatten die drei Revolverschwinger gehasst und diesen Hass explodieren lassen.

Jetzt aber würde ihre Scham noch größer sein.

Ich sagte: »Sally, mir ist es, als würden wir uns schon sehr lange kennen. Mein Kopf droht zwar bei jedem Pulsschlag zu platzen, aber lass die

22

Badewanne heraufschaffen. Wie lange war ich bewusstlos?«

»Die ganze Nacht. Wir haben jetzt Vormittag. Und ich habe die ganze Nacht an deinem Bett verbracht.«

»Und warum tatest du das, Sally?«

»Weil du ein Mann bist wie sonst gewiss kein Zweiter unter zehntausend anderen Männern. Ich verachte sie alle hier in dieser Stadt.«

Sie erhob sich vom Bettrand.

Als sie noch mal verhielt und auf mich nieder sah, da erkannte ich alles in ihren Augen.

Und so fragte ich: »Was ist mit deinem Mann, Sally?«

»Ach, der …« Sie murmelte es verächtlich ging zur Tür.

Dort aber hielt sie inne und wandte sich noch einmal um. »Er hat mich gekauft«, sagte sie. »Und ich ließ mich kaufen wie eine Hure. Doch jetzt hat er meine Achtung völlig verloren. Ich war ihm bisher treu. Doch jetzt …«

Sie ging hinaus.

Draußen hörte ich sie nach dem Hausneger rufen. Ja, es musste sich um einen Schwarzen handeln, einen ehemaligen Sklaven. Denn sonst würde er nicht Marmaduke heißen.

»Bring die Badewanne herauf, Marmaduke. Der Gentleman will baden!«

Am dritten Tag ging es meinem Kopf schon sehr viel besser. Auch meine Füße hatten sich erholt. Die Pferdesalbe hatte Wunder gewirkt.

Sally kam am Nachmittag zu mir und sagte ruhig: »Ich bin zum letzten Mal hier als deine Pflegerin. Es gäbe sonst übles Gerede, obwohl mir das eigentlich egal wäre, weil ich weg will von hier.«

Sie kam zu mir und zog mich vom Fenster weg, an dem ich stand und auf den Platz blickte, das Leben und Treiben dort beobachtete.

Sie drängte sich in meine Arme und sah zu mir hoch.

»Nimm mich, nimm mich jetzt«, flüsterte sie, »denn ich möchte einmal einem richtigen Mann gehören, wenn auch nur für eine einzige Stunde. Nimm mich, Jones O'Hara!«

Was sollte ich tun? Ich war kein Heiliger, und ich konnte ihre Verachtung gegen die Männer dieser Stadt verstehen – auch gegen ihren eigenen Mann. Und sie gefiel mir sehr. Und so nahm ich ihr Geschenk an und gab ihr alles zurück, blieb ihr nichts schuldig. Ja, ich glaubte, dass ich sie für mehr als eine Stunde glücklich machte – so wie sie mich.

Doch als wir dann nebeneinander lagen, da fragte sie: »Nimmst du mich mit, Jones, wenn du diese Stadt verlässt wie den stinkenden Stall einer furchtsamen Hammelherde?«

Als sie verstummte, da war eine Enttäuschung in mir.

Das war es also. Sie wollte mit meiner Hilfe von hier weg.

O ja, ich konnte sie gut verstehen. Der Storehalter war sehr viel älter als sie, hätte altersmäßig ihr Vater sein können. Und er war mit ihr – gleichgültig, wo er sie auch herausgeholt hatte – in diese armselige

24

Stadt gezogen, die an einem Wagenweg lag und vielleicht niemals größer werden würde.

Sie aber war eine noch junge und hübsche Frau voller Lebenshunger. Wahrscheinlich glaubte sie, dass es ihr hier ergehen würde wie einer Rose, die zu einer Hagebutte wird und als Frucht vertrocknet.

Sie tat mir Leid.

Ich murmelte: »Sally, ich bin ein Revolvermann, besitze zurzeit nur hundert Dollar, ein Pferd, meinen Revolver und mein Gewehr. Ich bin oder war ein Kopfgeldjäger. Ich könnte verdammt schnell tot sein. Und ich habe Schatten auf meiner Fährte. Ich kann dir nichts bieten. Bleib lieber bei diesem Storehalter.«

Ich erteilte ihr also eine Absage.

Aber warum hätte ich ihr Hoffnungen machen sollen? Es wäre eine Lüge gewesen.

Um ihr etwas bieten zu können – also eine sichere Zukunft –, hätte ich mein Leben ändern müssen.

Aber konnte ich das bei meinem Ruf? Ich war ja gewissermaßen ständig auf der Flucht vor meinem bitteren Ruhm.

Sally sagte nichts mehr. Sie erhob sich vom Bett und kleidete sich wieder an, trat vor den Spiegel und ordnete ihr Haar. Es war schönes, volles, golden schimmerndes Haar.

Dann verließ sie wortlos das Zimmer. Nein, sie bettelte nicht.

3

Ich ging noch am selben Vormittag durch die Stadt, besuchte auch meinen Pinto, den man mit den anderen drei Pferden in den Mietstall gebracht hatte.

Sie hatten deren Besitzer, die ich nur mehr oder weniger schwer verwundet hatte, totgeschlagen wie böse Tiere.

Der Stallmann sah zu, wie ich meinem Pinto Hals und Brust klopfte und ihm was ins Ohr flüsterte, sodass er nicht mehr vorwurfsvoll schnaubte.

Er sagte: »Mister O'Hara, dieser Wallach ist ein prächtiger Bursche, ein Pferd wie ein Geschenk des Himmels. Aber ich muss Ihnen dennoch fünf Dollar für Unterstand und Futter abnehmen. Ich habe einige Stunden an ihm gearbeitet, denn er befand sich in keinem guten Zustand, war voller Kletten. Seinem linken Vordereisen fehlten zwei Nägel. Ich bekomme also fünf Dollar.«

Ich grinste nur nachsichtig, denn so ist die Welt. Ich hatte dieser Stadt einen Gefallen getan, aber das wurde von ihr nicht honoriert.

Doch zumindest hatte Sally dafür gesorgt, dass man mir mit meinen Siebensachen, die mir die drei Banditen nahmen, auch die hundert Dollar zurückgab. Und so griff ich in meine Tasche, holte das Geld hervor und gab dem Stallmann die fünf Dollar.

Wahrscheinlich würde ich auch das Hotelzimmer bezahlen müssen.

»Ich werde ihn morgen ein paar Meilen reiten«, sagte ich.

»Ja, das braucht er.« Der Stallmann nickte. »Sonst springt er aus dem Corral wie eine Katze. Mister, ich musste kassieren, denn ich arbeite hier nur, bin nicht der Besitzer. Ein alter Cowboy, der nicht mehr reiten kann, weil sein Rücken kaputt ist, muss froh sein, solch einen Job zu haben.«

Ich nickte nur und ging wieder vom Hof auf die einzige Straße der kleinen Stadt, die ja zugleich der Wagenweg nach Norden war, gesäumt von den Häusern und Hütten. Der Weg führte auch über den Platz hinweg.

Ich hatte plötzlich das Verlangen nach einem Drink. Und so setzte ich mich nach kurzem Verharren wieder in Bewegung.

Die Stadt war an diesem Morgen noch sehr ruhig. Nur der Sattler saß vor seinem Laden und arbeitete an einem Sattel. Als ich bei ihm verhielt, da vermied er es, mir in die Augen zu sehen. Ich wusste, er schämte sich. Die ganze Stadt würde sich gewiss bei meinem Anblick schämen, weil sie sich dann bewusst wurde, wie armselig und feige sie war.

Ich sah ihm einige Atemzüge lang wortlos zu.

Er murmelte: »Ich weiß nicht, ob ich diesen Sattel jemals werde verkaufen können. Denn er ist ein besonderer Sattel. Den kann ich nicht unter zweihundert Dollar hergeben.«

Er machte eine kleine Pause und sprach dann bitter: »Aber einer der drei Hurensöhne hätte ihn mir weggenommen. Sie warteten nur darauf, dass ich ihn fertig hatte.«

»Da haben Sie aber Glück gehabt«, erwiderte ich, »dass ihr die Angeschossenen totschlagen konntet.«

Ich ging nach diesen Worten weiter und betrat wenig später den Saloon. Ich war zu dieser Vormittagstunde der einzige Gast.

Der Wirt hockte hinter dem Schanktisch und hielt eine Fliegenklatsche schlagbereit.

In der Ecke hockten die drei Mädchen. Zwei von ihnen strickten, die Dritte legte eine Patience aus. Sie sahen mir entgegen und lächelten mich an.

Eine fragte: »Geht es Ihnen besser, Jones O'Hara?«

Sie kannten in dieser Stadt alle meinen Namen.

»Danke, ihr Süßen«, sagte ich und grinste, »danke der Nachfrage. Ihr habt euch wohl hier in diese Stadt verirrt – oder nicht?«

Sie lachten. Eine sagte: »So schlimm ist es nicht. Es kommen hier immer wieder große Wagenzüge durch. Dann haben wir Hochbetrieb. Auch Treibherden und die Jungs aus den verborgenen Camps in der Bunten Wüste machen hier Rast. Es hat sich herumgesprochen auf hundert Meilen in der Runde, dass hier das Paradies der drei Schönen wartet. Wir sind Lizzi, Jessy und Susi. Du hast bei uns alles frei, sollte es dich jucken.«

Sie lachten wieder.

Ich grinste nur und trat an die Bar.

Der Wirt hatte eine dicke Fliege – einen Brummer – erlegt und schnippte ihn von der Tischplatte. Er schenkte mir einen Drink aus einer besonderen Flasche ein und sagte dabei: »Der geht auf Kosten des Hauses. Wollen Sie eine Zigarre?«

Ich nickte nur, und fast hätte ich gesagt: »Ihr könnt euch hier nicht freikaufen. Was ihr seid und getan habt, war und ist erbärmlich.« Aber ich sagte es nicht und steckte mir die Zigarre an, die er mir aus der Kiste anbot.

Ich wusste, dass ich noch einige Tage in der Stadt bleiben musste, bevor ich mich wieder auf den Weg nach Norden machen konnte.

Und vielleicht konnte ich ein paar Dollar beim Poker gewinnen. Denn wenn hier Wagenzüge durchkamen oder Reiter aus verborgenen Camps Vergnügen suchten, wurde immer Karten gespielt.

Ich ging mit der dicken Zigarre hinaus. Der Wirt sagte hinter mir her: »Das nächste Mal müssen Sie zahlen, O'Hara. Dann gibt es nichts mehr umsonst.«

Ja, so waren nun mal die Leute in dieser Stadt.

Doch eines der Mädchen rief mir nach: »Bei uns hast du immer alles frei, Jones O'Hara! Und jetzt siehst du auch viel besser aus als dreckig im zerrissenen Unterzeug!«

Sie lachten wieder.

Aber vielleicht waren sie der einzige Lichtblick in diesem Nest.

Langsam überquerte ich den Platz bis zum Brunnen in der Mitte. Ich starrte dort ins Wasser, als würde ich darin meine Zukunft lesen können. Dann wandte ich mich um, setzte mich auf den gemauerten Brunnenrand und sah mich um.

Ein paar Kinder spielten mit einem Hund. Irgendwo krähte ein Hahn.

Schräg gegenüber war das Hotel. Ich überlegte, ob ich wieder auf mein Zimmer gehen sollte, weil meine Kopfschmerzen wieder stärker wurden und ich ein leichtes Schwindelgefühl bekommen hatte. Doch dann hörte ich die Postkutsche kommen.

Ja, es waren die typischen Geräusche einer Overland Stage. So kamen sie immer in einen Ort oder vor eine Pferdewechselstation gedonnert, wollten den Eindruck erwecken, als würden sie den ganzen Weg nur im Galopp zurücklegen. Dabei schlichen sie unterwegs oftmals viele Meilen.

Sie kam dann sechsspännig vor das Hotel, hielt inmitten einer aufgewirbelten Staubwolke an. Die Stimme des Fahrers rief durch die nun einsetzende Stille: »Painted Desert City! Ladies and Gentlemen, es ist zu früh für ein Mittagessen! Ich lade nur die Post aus und fahre weiter zum Gespannwechsel. Dort im Wagenhof können Sie sich einige Minuten die Beine vertreten.«

Die Staubwolke verzog sich nun.

Und dann sah ich Sally aus dem Store kommen. Sie trug zwei große Reisetaschen, die ihr fast zu schwer waren. Und sie eilte auf die Kutsche zu. Es war wie eine Flucht.

Und so wusste ich, dass sie auch ohne mich die Flucht ergriff. Ja, sie wollte fort von hier und verließ ihren Mann, den Storehalter, der so viel älter war als sie.

Sie tat mir Leid, weil sie ihre ganze Hoffnung auf mich gesetzt und ich sie enttäuscht hatte. Und zugleich bewunderte ich sie wegen ihres Mutes. Denn sie sprang gewissermaßen in den reißenden Fluss des Lebens und konnte untergehen, wenn sie keine gute Schwimmerin war. Ja, so musste man es wohl sehen.

Ich sah dann den Storehalter herauskommen, und es war mir sofort klar, dass er sie einholen und an der Flucht vor ihm hindern wollte. Vielleicht hätte er sie an den Haaren zurück in den Store gezogen, denn er brüllte wild und böse ihren Namen.

Da setzte ich mich in Bewegung und stellte mich ihm in den Weg. Er hätte um mich herum laufen müssen, doch er versuchte es nicht, weil er mich nur ansehen musste, um zu wissen, dass ich ihn aufhalten würde.

Und so verhielt er keuchend. Auf seiner Glatze waren Schweißperlen. Und sein Gesicht verzerrte sich.

»Sie ist meine Frau«, stieß er hervor. »Sie kann nicht einfach ohne meine Erlaubnis weg. Und sie hat auch die Ladenkasse leer gemacht, verdammt!«

Er war so richtig wild. Dennoch wagte er sich nicht an mir vorbei.

Ganz ruhig sagte ich zu ihm: »Sally hat was Besseres verdient als ein Leben in solch einer Stadt wie dieser hier. Sally hat ihren Stolz wieder gefunden und will frei sein. Lassen Sie Sally ziehen. Sie verdient …«

Ich kam nicht weiter. Denn seine Wut war nun stärker als seine Feigheit.

Er griff mich tatsächlich an. Vielleicht machte ihm mein Kopfverband Mut und glaubte er deshalb, dass ich nicht gefährlich sein könnte.

Er war ein großer und schwerer Mann. Aber als ich ihm meine Gerade gegen das Brustbein rammte, da war das für ihn fast so hart wie ein Huftritt.

Er taumelte zurück und hielt sich nur mühsam auf den Füßen, verharrte und keuchte nach Luft. Dann aber sprach er: »Ich habe sie aus einem Hurenhaus freigekauft. Sie ist mir was schuldig. Und gewiss war sie mit dir im Bett.«

Er tat mir Leid, und so sprach ich milde: »Hau ab.«

Er gab sich geschlagen und gab tatsächlich auf.

Vor dem Hotel – in dem sich auch die Posthalterei befand – fuhr nun die Kutsche an und kam über den Platz an uns vorbei.

Sally saß an einem Fensterplatz und sah zu uns her.

So nahm sie Abschied von uns. Ich wünschte ihr Glück.

Abermals hüllte uns der aufgewirbelte Staub ein. Der Storehalter – sein Name war Carl Miller – trottete zu seinem Store zurück.

Ich rauchte weiter an meiner Zigarre.

Und als sich die Staubwolke verzogen hatte, da sah ich da und dort die Leute vor den Häusern und Läden.

In mir war ein bitteres Bedauern, und ich wusste, auch ich würde bald von hier verschwinden. Dass ich Sally noch einmal wiedersehen würde, dies vermochte ich nicht einmal zu ahnen.

Aber es gab ja diesen Spruch: Man sieht sich im Leben immer zweimal.

Doch das war gewiss nur so ein Spruch.

Zwei Tage – oder besser gesagt Nächte – saß ich im Saloon beim Poker. Vor der Stadt hatte ein Wagenzug angehalten. Es waren mehr als hundert Frachtwagen, schwere Murphy-Schoner mit Anhängern. Und jeder wurde von einem Dutzend Maultieren gezogen. Der Wagenzug war nach Colorado zu den dortigen Goldfundgebieten unterwegs.

Mehr als zweihundert Frachtfahrer und Begleitreiter waren in die Stadt gekommen, dazu noch einige Dutzend andere Reiter aus verborgenen Camps in der Bunten Wüste.

Die drei Mädchen des Saloons hatten gewaltig viel zu tun im Halbstundentakt.

Ja, in dieser Nacht – und schon vom frühen Abend an – machten sie Dollars mit ihren Körpern. Aber war das nicht schon immer so?

Ich spielte mit dem Wagenboss und drei anderen Männern, die zu der Begleitmannschaft des Wagenzuges gehörten. Es waren harte Burschen, die den Wagenzug vor den Kiowas beschützten. Die Begleitmannschaft war drei Dutzend Mann stark.

Ich gewann in dieser Nacht mehr als hundert Dollar und bekam gegen Ende der Nacht starke Kopfschmerzen. Mein armer Kopf hatte sich immer noch nicht von dem Streifschuss erholt, obwohl ich keinen Verband mehr trug. Aber die Narbe über meinem Ohr würde ich behalten. Dort würden auch keine Haare mehr wachsen. Doch das machte mir nichts aus. Ich hatte auch noch andere Narben an meinem Körper.

Es war schon fast Morgengrauen, als ich den Saloon verließ und zum Hotel hinüber wollte. Am Brunnen inmitten des Platzes unter der mächtigen Burreiche standen einige Sattelpferde. Und als ich daran vorbei wollte, traten mir zwei Männer entgegen. Sie kamen aus dem tiefen Schatten des Riesenbaumes hervor.

Einer sagte: »Mann, du hattest mächtig Glück beim Poker. Wir haben dich beobachtet. Jetzt solltest du uns was abgeben, am besten alles. Denn dann bleibst du gesund.«

Ich hielt inne und dachte: Oh, ihr Narren, warum lasst ihr euch mit mir auf solch ein Spiel ein?

Ich sah nun, dass sie ihre Revolver in den Händen hielten, die Mündungen nach unten.

Und da wartete ich nicht länger, sondern zog. Und das war für sie wie eine Zauberei. Sie waren darauf nicht gefasst, glaubten mich eingeschüchtert zu haben.

Vielleicht hatten sie in der Nacht ihr ganzes Geld verjubelt. Und gewiss waren sie auch betrunken. Jedenfalls schlug ich sie glatt.

Dann lagen sie stöhnend am Boden. Und einer stöhnte heiser: »Warum hast du uns nicht gesagt, dass du ein Revolvermann bist?«

Ja, sie waren betrunkene Narren.

»Wäre ich kein Revolvermann«, sprach ich auf sie nieder, »dann hätte ich euch getötet.« Und so war es auch wirklich. Ich konnte es wagen, sie nur in die Schultern zu schießen, so schnell ich auch zog und schoss.

Ich ging weiter, und sie stöhnten und fluchten hinter mir her.

Aber als ich über die Schulter blickte, da konnte ich in der sterbenden Nacht erkennen, dass sie sich aufrappelten.

Aber es gab in dieser Stadt keinen Doc.

Meine Schüsse hatten einigen Lärm in der sonst schon stillen Stadt gemacht.

Vom Saloon rief jemand herüber: »Hoiii, was ist da los?«

Und da brüllte einer von ihnen voller Wut: »Er hat uns überfallen! Er wollte uns ausrauben!«

Die Stimme des Mannes gellte.

Doch ich ging weiter.

Wer wollte mir in dieser Stadt etwas antun? Sie alle hier waren zu feige.

Der Nachtmann des Hotels war vor die Tür gekommen und empfing mich mit den Worten: »Mister O'Hara, ich konnte erkennen, dass die Kerle Ihnen den Weg versperrten.«

»Sie sind Dummköpfe«, erwiderte ich, ging an ihm vorbei und dann drinnen die Treppe zu meinem Zimmer hinauf. Das graue Morgenlicht kam zum Fenster herein.

Draußen war es still geworden. Die kleine, armselige Stadt war noch nicht wach. Auch vom Saloon her war nichts mehr zu hören.

Die beiden Dummköpfe, die ich angeschossen hatte, waren mit ihren Pferden irgendwohin verschwunden.

Es war geradezu unheimlich still in dieser Stunde, in der die Welt keine Farben hatte, alles ohne Leben schien.

Ich lag unter dem offenen Fenster auf dem Bett und konnte nicht einschlafen. Denn mein Kopf schmerzte zu stark. Und so begann ich über mich und mein Leben nachzudenken.

Oh, verdammt, was für ein Leben war das!

Ich sah mich wieder als jungen Cowboy auf einer Ranch am Pecos, der damals die traditionelle Grenze von Recht und Ordnung war, geschützt von den Texas Rangern. Jenseits des Pecos gab es kein Gesetz – oder besser gesagt nur das Gesetz des Stärkeren.

Ich ritt mit einer rauen Mannschaft. Und wir mussten alle besonders gut schießen können, um uns gegen die wilde Horde zu behaupten, die immer wieder über den Pecos kam.

Und obwohl ich damals der jüngste Reiter der Mannschaft war, wurde ich der beste und schnellste Schütze.

Dann brach der Krieg aus. Und weil ich ein junger Narr war, ritt ich los und gehörte bald zur berühmten Texasbrigade von Stonewall Jackson.

Zwei Jahre später war ich Offizier, befördert wegen besonderer Tapferkeit und der Eigenschaft, Männer zu führen.

Wir kämpften überall und wurden berühmt.

Als wir unter General Lee bei Appomattox am 9. April 1865 kapitulierten, war ich Captain. Und das war für einen einfachen Excowboy ein ziemlich steiler Aufstieg.

Natürlich wollte ich kein Cowboy mehr sein, denn längst konnte ich mit dem Revolver sehr viel besser umgehen als mit einem Wurfseil. Überdies gab es in Texas für Cowboys keine Arbeit. Die Rinder hatten sich wie Kaninchen vermehrt, aber es gab keine Absatzmärkte. Und so wurde ich zuerst ein Satteltramp, dann ein Kopfgeldjäger, Postkutschenbegleiter, Deputy Marshal und Spieler. Es gab auch Frauen an meinem Weg. Ich hätte da und dort bleiben können, aber das konnte ich nicht, weil ich nach etwas suchte, von dem ich nicht wusste, was es sein würde, und was es vielleicht gar nicht gab.

Ich machte mir Feinde mit meinem schnellen Colt und hatte Schatten auf meiner Fährte.

Deshalb musste ich immer wieder weiter, um nicht eingeholt zu werden von Rächern, die ich dann töten oder zumindest von den Beinen schießen musste, um selbst am Leben bleiben zu können.

Wahrscheinlich befand ich mich in einem Teufelskreis, aus dem ich unbedingt hinauskommen musste.

Aber wie?

Denn eigentlich befand ich mich auf der Flucht vor meinem bitteren Revolverruhm.

Ja, so war es wohl.

Und so konnte ich nur versuchen, irgendwo im Norden unterzutauchen, wo mich noch niemand kannte.

Hier in dieser armseligen Stadt konnte ich nicht lange bleiben.

Ich schlief endlich ein und träumte bald schon von jener Sally, der ich die Flucht ermöglichte, weil ich ihren Mann aufhielt.

Vielleicht hätte ich mit ihr in die Postkutsche steigen sollen.

Aber es war gewiss keine richtige Liebe zwischen uns. Sie hatte sich meinen Schutz und meine Hilfe erkaufen wollen, indem sie mich mit sich selbst beschenkte.

Und ich hatte ein Abenteuer mit einer hübschen, zärtlichen und zugleich auch feurigen Frau gesucht. Und wenn ich ihr deshalb etwas schuldig war, dann hatte ich diese Schuld damit bezahlt, dass ich ihren Mann aufhielt.

Ja, ich träumte also von ihr, indes es draußen Tag und später Mittag wurde.

Als ich mich dann vor dem Spiegel rasierte und mich dabei kritisch betrachtete, da sagte ich zu meinem Spiegelbild: »Oh, du bist immer noch ein verdammter Satteltramp mit einem schnellen Revolver, ein Excaptain der Rebellenarmee. Wie lange willst du noch wie ein hungriger Wolf umherstreichen auf der Suche nach einer fetten Beute?«

Als ich eine halbe Stunde später im Speiseraum des Hotels beim Mittagessen saß, da bekam ich Besuch.

Es waren der Hotelbesitzer, der Sattler und der Inhaber des Saloons. Eigentlich hätte der Storehalter noch dabei sein sollen, denn auch er gehörte zum Stadtrat.

Der Hotelbesitzer sagte: »Mister O'Hara, können wir mit Ihnen reden? Sie sind ja schon beim Nachtisch, also stören wir wohl nicht mehr zu sehr.«

»Was wollen Sie?« Ich fragte es mit einem Beiklang von Abweisung in der Stimme.

Doch sie ließen sich nicht davon beeindrucken.

Der Sattler sagte: »Wir sind die Stadträte und wollen Sie als City Marshal unter Vertrag nehmen. Sie sollen uns beschützen, haben hier alles frei und bekommen sechzig Dollar im Monat. Wir denken, das ist fair. Wollen Sie diesen Job?«

Sie verharrten hoffnungsvoll an meinem Tisch. Ich war zuletzt der einzige Gast.

Was sie mir anboten, war überall üblich in solch kleinen Städten.

Aber ich würde für die feige Bürgerschaft kämpfen müssen. Denn diese Stadt am Wagenweg war vergleichbar mit einer Insel in einer von Piraten und Haifischen verseuchten See.

Ich war halb tot in zerfetztem Unterzeug hergekommen und hatte dann allein kämpfen müssen. Der Storehalter lieh mir nur einen Revolver.

Das war alles.

Ich grinste von meinem Stuhl aus zu ihnen hoch.

»Haut ab«, sprach ich ruhig, »haut ab. Ich kann euch nicht mehr sehen.«

Sie wirkten verbittert, voller Scham. Denn sie hatten ja zuvor ihren Marshal, den Schmied, der das Amt ehrenamtlich ausübte, im Stich gelassen.

Dann versagten sie, als ich Hilfe brauchte. Sie konnten ja nicht wissen, dass ich ein Revolvermann war, als ich halb tot im Unterzeug in die Stadt getaumelt kam und im Wassertrog des Brunnens fast ertrank.

Sie gingen schweigend aus dem Speiseraum.

Ich aber wollte nicht länger bleiben. Mein Kopf schmerzte jetzt nicht mehr. Vielleicht blieb das so, wenn ich langsam ritt.

Ja, ich wollte fort von hier. Auf der Stelle.

Als es Nacht wurde, sah ich die Lichter und Feuer des großen Wagenzuges in der Ferne. Er war im Morgengrauen aufgebrochen, als ich auf dem Bett lag und über mich und meinen Lebensweg nachdachte.

Ich war am späten Mittag losgeritten und hatte ihn nun eingeholt.

Der Wagenweg führte etwas mehr östlicher nach Colorado hinein in Richtung Denver, also über Canyon City und westlich am Pikes Peak vorbei.

Ich ritt langsam auf das riesige Camp des Wagenzuges zu. Hier in der großen Senke standen mehr als hundert Wagen, zu denen mehr als zwölfhundert Maultiere und an die hundert Pferde gehörten.

Das alles war ein gewaltiges Unternehmen. Und in jedem Wagen war wertvolle Fracht, angefangen vom Hufnagel bis zum Klavier oder Rouletteradtisch. Und das alles war für die wilden Städte und Camps in den Goldfundgebieten rings um Denver bestimmt. Die ganze Fracht kam wahrscheinlich von der Westküste her, wohin Seeschiffe sie gebracht hatten.

Dies hier war Kiowa-Land. Hier führten die Häuptlinge Satanta, Lone Wolf uns Kicking Bird große Kriegshorden an und überfielen Wagenzüge, auch kleine Ortschaften.

Nun, ich wusste dies alles ziemlich genau.

Langsam ritt ich auf die Feuer zu und am Rand der riesigen Maultierherde entlang, die von Reitern in einer tiefen Creekfurche gehalten wurde.

Dabei dachte ich: Wenn man dem Wagenzug die Maultiere wegtreiben kann, dann gleichen all diese beladenen Schoner gestrandeten Schiffen.

Ich wurde nun angerufen und hielt an.

Ein Reiter kam zu mir und musterte mich im Mond- und Sternenschein.

Dann stieß er ein heiseres Lachen hervor und sagte: »Oho, Mann, dich habe ich in der vergangenen

Nacht an einem Pokertisch gesehen. Hat man dich in Painted Desert City zum Teufel gejagt? Du hast mit unserem Boss am Tisch gesessen. Was willst du hier?«

»Ich hoffte auf ein Abendessen«, grinste ich. »Und vielleicht gibt mir eurer Boss einen Job. Wir kommen gewiss bald ins Kiowa-Land.«

Der Reiter nickte.

»Da könntest du Glück haben. Denn wir verloren in der vergangenen Nacht in der Stadt zwei von unseren Revolverreitern. Die legten sich mit jemandem an, der ihnen die Schultern zerschoss. Reite zum größten Feuer. Unser Boss heißt …«

»Pete Warren«, unterbrach ich ihn. »Ich habe ihm ja einige Stunden beim Poker gegenüber gesessen. Ob er mir böse ist, dass ich ihm ein paar Dollars abgewann?«

Ich fragte es lachend. Und auch der Reiter lachte. Er wirkte nun freundlicher und sprach immer noch lachend: »Der könnte tausend Dollar verlieren, und es würde ihn wenig jucken.«

Ich ritt weiter, und am großen Feuer sah ich den Mann wieder, mit dem ich Poker gespielt hatte.

»So sieht man sich wieder«, sagte er und kratzte seinen Blechteller leer. Dann deutete er mit der Gabel auf mich. »Was soll's denn sein?«

»Ich habe einen Revolver, ein Gewehr und ein Pferd«, erwiderte ich. »Und ich möchte nicht allein nach Colorado hinüber. Ich würde unterwegs gern ein paar Bucks verdienen, denn ich konnte Ihnen in der vergangenen Nacht nicht genug abnehmen beim Poker.«

Er grinste fast vergnügt und sprach dann: »Mann,

ich sah die ganze Nacht die Lassonarben auf deinen Handrücken beim Kartengeben. Ich zahle drei Dollar am Tag und auch die Munition und das Essen. Ich habe in Painted Desert City zwei meiner Reiter verloren. Ja, ich brauche Ersatz.«

Nun, ich gehörte also von diesem Moment an zum Wagenzug und war zufrieden damit.

Die nächsten Tage zogen wir weiter auf dem Wagenweg nach Denver. Einige Male sahen wir starke Indianerhorden in der Ferne. Und zweimal versuchten sie in den Nächten unsere Maultierremuda in Stampede zu versetzen.

Doch es gelang ihnen nicht. Wir passten zu gut auf. Und überdies war der Wagenzug zu groß und damit zu wehrhaft für Satanta, Lone Wolf und Kicking Bird.

Wir kamen eines Tages nach Denver.

Und hier wurde wieder – wie schon so oft in meinem Leben – alles anders für mich.

Denn hier in Denver, dieser so wilden Stadt, die eines Tages Hauptstadt von Colorado werden würde, da traf ich auf meine Vergangenheit.

4

Denver war zu dieser Zeit eine wilde Campstadt. Ihr
Name ist der eines Gouverneurs von Kansas, der
während des Bürgerkrieges General wurde und später auch erreichte, dass Colorado von Kansas
getrennt wurde und dieses neue Gebiet den Namen
Colorado erhielt. Denn das spätere Colorado gehörte
im 18. und 19. Jahrhundert zur spanischen Kolonie,
die alles umfasste, was später das westliche Drittel
der Union darstellte.

Zebulon M. Pike kam im Jahre 1805 in das spätere
Colorado, um im Auftrag der Regierung eine Karte
der Flussläufe zu zeichnen. Er entdeckte dabei auch
den Spitzberg, der noch heute seinen Namen trägt:
Pikes Peak.

Und schon im Jahre 1858 begann der Zustrom der
Gold- und Silbersucher, entstanden die Minen und
all die wilden Camps und Minenstädte …

Das alles wusste ich einigermaßen.

Da wir zehn Tage unterwegs gewesen waren,
bekam ich von Pete Warren dreißig Dollar aus-
gezahlt. Und unterwegs hatte ich den anderen Be-
gleitern genau siebenundfünfzig Dollar beim Poker
abgenommen, obwohl wir nur um geringe Einsätze
spielten. Darauf achtete unser Boss, der ein sehr ver-
nünftiger Mann war, hart aber gerecht.

Ich besaß nun etwas mehr als dreihundert Dollar.
Das war eine Menge Geld, und so konnte ich recht
zufrieden sein, als ich mich in Denver auf den Weg
machte wie ein hungriger Wolf in einem neuen Revier.

Es war schon Abend. Ich hatte meinen Pinto im Mietstall untergebracht und ein gutes Abendessen genossen, nachdem ich zuvor in der Badeanstalt neben dem Barbierladen war und mir die Haare schneiden ließ. Auch neues Unterzeug und ein nagelneues Flanellhemd trug ich unter meiner Lederweste.

O ja, ich war bereit für Denver, ließ mich auf der Main Street mit der Menge treiben. Denn Männer jeder Sorte waren unterwegs – Minenarbeiter, Frachtfahrer, Claimbesitzer, Abenteurer und Glücksucher – und gewiss auch Banditen und Pferdediebe.

Frauen waren zu dieser Zeit nicht mehr auf den Straßen und Gassen.

Denver brummte, denn die Saloons und Tingeltangels reihten sich aneinander. Und vor den größeren der vielen Amüsierhallen standen Anreißer und versprachen das Paradies auf Erden.

Vor der Zebulon Hall stand ein Anreißer in der Uniform eines Feldmarschalls des vergangenen Jahrhunderts und blies mit einer Trompete immer wieder das Signal zur Attacke, also zum Angriff. Aber dies war gewiss zum Angriff auf die Theke, die Mädchen, die Spieltische und all die vielen anderen Sünden gemeint, die zu den Lebensfreuden der meisten Besucher dieses Sündenbabels gehörten.

Und wenn der »Feldmarschall« die Trompete absetzte, ließ er seine Stimme dröhnen, so als verkündete er wie ein Prediger einer Gemeinde das große Glück der Erde.

»Kommt herein, Gentlemen! Erlebt das große Glück in dieser Halle! Hier gibt es die schönsten

Mädchen, die besten Drinks! Hier ist alles sauber und fair! Dies ist hier das Paradies auf Erden und der Ehrentempel für den großen Zebulon Pike!«

Er rief noch allerlei anderen Unsinn, und jeder wusste es. Dennoch strömten viele hinein, in der Hoffnung, dort etwas zu finden, was es eigentlich nicht geben konnte in dem Laden, der wie eine Hure war, die viel versprach und dann enttäuschte.

Auch ich ging hinein.

An der langen Bar standen die durstigen Kehlen eng beieinander. Und mehr als ein halbes Dutzend Keeper bedienten.

Ich drängte mich zwischen zwei Frachtfahrer, die mich von beiden Seiten böse ansahen, aber dann doch keinen Ärger machten, weil ihr Instinkt sie davor warnte und sie auch noch nicht betrunken genug waren.

Und so standen wir eng beieinander, grinsten uns an. Einer sagte: »Gleich kommt die nackte Europa auf dem Stier geritten. Pass gut auf, Langer.«

Wir standen nun mit den Gläsern in den Händen mit dem Rücken an die Bar gelehnt und sahen zur Bühne hinüber.

Ein Trompetenstoß tönte durch die Halle.

Und dann kam tatsächlich eine nackte Frau auf einem Ochsen von links her nach rechts über die Bühne geritten.

Nein, es war kein Stier. Der wäre nicht sanft genug gewesen. Aber sie war ja auch nicht die Königstochter der griechischen Sage, die von Zeus in Stiergestalt von Theben nach Kreta entführt werden sollte.

Sie war nur ein nacktes Weib – mehr nicht.

Aber weil sie ja eine berühmte Sage darstellte, war das Kunst und nicht primitive Sensation.

In der großen Halle brüllten und pfiffen nun mehr als dreihundert Kerle. Die Halle bebte.

Ich leerte mein Glas, und weil ich den Drink sofort hatte bezahlen müssen, stellte ich das Glas ab und machte mich auf den Weg.

Denn in der großen Halle gab es noch mehr zu erkunden und zu sehen als eine nackte Frau auf einem sanften Ochsen.

Mein Weg führte mich in die angrenzende Spielhalle.

Und auch hier war alles gewaltig und nobel. Man konnte Roulette, Faro, Black-jack und Poker spielen, auch mit den Würfeln sein Glück versuchen. Auch Glücksräder drehten sich. Ja, es war ein gewaltiges Angebot.

Alles wurde bewacht von Hauspolizisten.

Ich begann umherzuwandern und versuchte mein Glück da und dort beim Roulette, Faro und Black-jack. Dann kam ich an einen Durchgang zu einem Nebenraum, der von einem Hauspolizisten bewacht wurde.

Als ich innehielt, sagte er höflich: »Sir, hier haben Sie nur Zutritt, wenn Sie mir zumindest hundert Dollar zeigen können. Denn hier wird nicht um Hühnerfutter gespielt.«

»Das ist gut«, erwiderte ich grinsend und zeigte ihm eine Hand voll Zwanzigdollars.

Da ließ er mich eintreten.

Und als ich mich umsah, da holte mich also ganz plötzlich meine Vergangenheit ein.

Und diese Vergangenheit hieß Reva Hattaway.

Heiliger Rauch, da saß sie beim Poker mit vier hartgesotten wirkenden Burschen an einem runden Tisch in der Ecke. Es gab noch einige andere Tische mit Pokerrunden in diesem Raum – aber der in der Ecke war ein besonderer Tisch, dies erkannte ich gleich. Dort an diesem Tisch spielten die Großen.

Ich hob die Hand und wischte über Stirn und Augen.

Aber das Bild blieb. Da drüben saß Reva Hattaway. Und sie war in den vergangenen fünf Jahren noch schöner geworden. Dreißig musste sie nun sein. Ich hatte oft an sie gedacht, manchmal sogar von ihr geträumt. Und selbst jene Sally hatte mich Reva nicht vergessen lassen.

Ob sie mich so schnell wiedererkennen würde wie ich sie?

Es standen in einiger Entfernung einige Kiebitze in der Nähe dieser Pokerrunde. Offenbar wurde dort um hohe Einsätze gespielt.

Langsam trat ich hinzu und konnte fast im selben Moment sehen, wie Reva einen großen Gewinn an sich zog.

Es wurde nicht mit Chips, sondern mit Bargeld gespielt. Und so konnte ich sehen, dass im »Topf« mehr als dreihundert Dollar gelegen hatten.

Sie begann das Geld zu ordnen, das Hartgeld also zu stapeln und die Scheine zu bündeln.

Dann sah sie plötzlich auf und geradewegs in meine Augen, so als hätte ich ihren Namen gesagt. Ich wusste, sie hatte mit dem Instinkt einer Katze meine Nähe gespürt.

Wir sahen uns nur etwa drei Sekunden lang an. Dann senkte sie ihren Blick wieder auf ihren Spielgewinn nieder und schüttelte ein wenig – kaum bemerkbar – den Kopf.

Ich aber begriff, dass sie im Moment mit mir kein Wiedersehen feiern wollte.

Denn eigentlich wäre das fällig gewesen.

Sie hatte mich für tot halten müssen. Doch bei meinem Anblick zuckte sie mit keiner Wimper, ließ sich nichts anmerken.

Hatte sie mich vielleicht schon bei meinem Eintreten gesehen, als ich dem Hauspolizisten am Eingang mein Geld zeigte und eingelassen wurde? Ja, sie hatte über die Entfernung von etwa fünfzehn Yards hinweg alles beobachten können.

Doch sie zeigte kein Erkennen, erst recht keine Freude.

Und so begann ich zu ahnen, dass sie irgendwie in der Klemme saß und mich wie ein unverhofft vorhandenes Ass im Ärmel in der Hinterhand sehen wollte.

Es konnte nicht anders sein.

Und so sah ich mir die vier Männer an ihrem Tisch an.

O ja, ich sah vier hartgesottene Burschen, für die das ganze Leben ein Pokerspiel war, also Krieg. Denn Pokern, das ist erbarmungsloser Materialismus ohne jede Romantik. Poker ist psychologischer Nervenkrieg. Und er lebt vom Bluffen des Gegners und vom Gebluufftwerden.

Und beim Poker geht es nicht um Ehre, sondern um Gewinn.

Also ist Pokern kein Spiel, sondern Kampf.

Und die schöne Reva Hattaway, die ich fünf lange Jahre nicht sah und die mich gewiss für tot halten musste, die führte solch einen Kampf gegen vier hartgesottene Burschen, vier zweibeinige Wölfe ohne Gnade.

Ich ahnte, was jeden von ihnen antrieb. Es ging sicher darum, sie klein machen zu können, um sie dadurch zu erobern. Jeder von ihnen wollte sie haben mit Haut und Haaren. Doch dazu musste man sie erst total besiegen, ihr den letzten Dollar abnehmen, damit sie sich dem Sieger ergab.

Sie wusste es und nutzte es aus. Ja, sie gab gewissermaßen jedem diese Chance und zwang ihn so zu seinen Einsätzen.

Ja, so etwa mochte es sein. Sie setzte ihre Schönheit ein, als wäre diese ein Royal Flush.

Ich wandte mich ab. Es gab auch in diesem Raum, an dessen Tischen nur Poker gespielt wurde, eine kleine Bar. Ich trat an den Bartresen und ließ mir einen Drink geben.

Den Barkeeper fragte ich: »Da findet wohl ein großen Spiel statt?«

Der Mann grinste wie ein listiger Fuchs und erwiderte: »Schon die dritte Nacht. Es ist ein Treffen von vier Wölfen und einer Pumakatze. Sie wollen die Schöne besiegen und schaffen es nicht. Sie zieht ihnen jede Nacht die Haut ab. Sie hat Instinkt und weiß genau, ob jemand blufft oder wirklich was in der Hand hält. Sie nennen sie hier in Denver die Lucky Queen. Ihr Name ist Hattaway, Reva Hattaway. Doch sie ist nicht ohne Schutz. Sehen Sie da drüben in der

Ecke den Löwen? Sein Name ist Burt McLowry, ein Texaner. Der beschützt sie, bringt sie an jedem grauen Morgen ins Hotel zurück, geht jedoch nicht mit ihr ins Bett. Das weiß man längst in Denver.«

Ich sah zu jenem Burt McLowry hinüber. Er lehnte in der Ecke an der Wand und rauchte eine Zigarre. Sein gelbes Haar und auch sein Bart ließen an einen Löwen denken. Ja, er war ein löwenhaft wirkender Bursche, von dem etwas Raubtierhaftes ausging. Und ganz sicher war er ein texanischer Revolvermann.

Aber er war nicht Revas Geliebter, wenn ich dem Barkeeper glauben konnte.

Warum nicht? Verdammt, warum nicht?

Ich schob dem Barmann fünf Dollar hin und fragte: »Und er geht nicht mit ihr ins Bett? Kann man das glauben?«

Der Barmann nahm die fünf Dollar und grinste seltsam.

Dann flüsterte er leise: »Er geht auch in kein Bordell. Man sagt, dass er sein bestes Stück als Mann verloren hätte. Der kann nicht mehr, verstehen Sie?«

Der Barmann hatte ein schadenfroh klingendes Lachen in der Kehle.

Ich sah zu diesem McLowry hin und verspürte ein Gefühl des Mitleids in mir.

Verdammt, er wirkte wie ein zweibeiniger Löwe, stolz, groß, stark und gefährlich.

Und dennoch war ein Krüppel. Wie wurde er damit fertig? Diente er deshalb der schönen Reva bedingungslos als Beschützer?

Er erwiderte über die Entfernung hinweg meinen Blick für einige Sekunden.

Ich sah nun, dass an einem der Pokertische ein Platz frei wurde. Und so trat ich heran und fragte, ob ich mich dazusetzen dürfe.

Sie grinsten mich an. Einer sagte: »Dieser Stuhl ist verhext. Wer auf diesem Stuhl sitzt, der verliert.«

Ich grinste zurück und setzte mich.

»Das werden wir ja sehen.«

Es war für mich ein guter Platz, denn ich hatte eine gute Sicht auf Reva in der Ecke. Ich vermochte das Geschehen drüben zu beobachten. Und auch McLowry war in meinem Blickfeld.

Es war inzwischen Mitternacht geworden.

Einige Stunden würde noch Spielbetrieb sein.

Etwa eine Stunde später hatte ich mehr als siebzig Dollar gewonnen.

Jener Spieler, der mir gesagt hatte, dass der Stuhl verhext wäre, der knurrte mürrisch: »Mann, Sie sind offenbar ein Glückspilz. Haben Sie vielleicht einen Zauberfetisch in der Tasche? Ich kannte mal einen Spieler, der hatte sich solch ein Ding von einer alter Indianerhexe geben lassen und nur zehn Dollar dafür bezahlt. Und da hatte er eine Glückssträhne beim Poker, bis er starb.«

»Und an was ist er gestorben?« Einer der anderen Mitspieler fragte es.

»Weil einer ihn für einen Falschspieler hielt. Vor einer Kugel schützte ihn der Zauberkram der Indianerhexe nicht.«

Wir grinsten und spielten weiter.

Und die Nacht verging.

5

Draußen graute schon der Morgen, als sich der Spielraum leerte. Auch meine Pokerrunde hatte sich aufgelöst. Ich hatte mit wechselndem Glück gespielt, jedoch zuletzt fast hundert Dollar gewonnen. Und das war wirklich ein Erfolg, denn ich hatte in einer hartgesottenen Pokerrunde gesessen. Also war ich ziemlich gut gewesen, was das Bluffen und Geblufft-werden betraf.

Nun stand ich an der Bar und genoss einen letzten Drink sozusagen als Belohnung.

Auch am Tisch in der Ecke machten sie nun Schluss.

Die Männer dort erhoben sich, und sie wirkten nicht wie Gewinner, eher verbittert und biestig, also wie Verlierer, deren Selbstbewusstsein gelitten hatte.

Jeder von ihnen hatte die Schöne besiegen wollen. Und jeder war gescheitert.

Ich hörte einen von ihnen sagen: »Sie sind uns allen Revanche schuldig, Miss Lucky Queen. Doch wir müssen weiter nach Canyon City. Denn erst dort verfügen wir wieder über genügend Spielkapital. Es ist unsere Stadt. Werden Sie kommen? Trauen Sie sich, Miss Lucky Queen? Sie sind für jeden von uns eine große Herausforderung. Es kann einfach nicht sein, dass Sie uns ständig die Haut abziehen können. Werden Sie nach Canyon City kommen? Man wird Sie dort wie eine Lady behandeln, ja, wie eine Queen.«

Reva saß noch in ihrem Armstuhl und hatte einen

kleinen Berg von Hartgeld und Scheinen mit beiden Händen vor sich zusammengerafft.

Es mussten mehr als dreitausend Dollar sein, wenn nicht sogar vier.

Das war ein hübscher Verdienst für eine lange Nacht beim Poker.

Sie sah lächelnd zu den Männern hoch, die im Halbkreis vor ihr und dem Tisch standen. Und jeder von ihnen war ein beachtlicher Bursche. Sie wirkten fast wie Brüder, aber offenbar waren sie nur Partner. Und ihnen gehörte eine Stadt, deren Name Canyon City war. Ich hatte das ja soeben gehört.

»Vielleicht werde ich kommen«, hörte ich Reva sagen, und sie hatte den Beiklang einer spöttischen Herausforderung in der Stimme.

Sie hatte nun offenbar alles gesagt, was zu sagen war. Denn sie wischte das Geld in eine Beuteltasche und kümmerte sich nicht mehr um die vier Verlierer.

Diese verhielten noch zwei oder drei Atemzüge lang und verspürten dabei die Scham, die alle Verlierer zu ertragen hatten. Und manche wurden damit nicht fertig, besonders dann nicht, wenn sie sonst stets die Sieger waren.

Sie gingen hinaus, und abermals wirkten sie auf mich wie Brüder oder aufeinander eingespielte Partner.

Und mit denen hatte sich Reva angelegt.

Doch vielleicht waren sie wirkliche Gentlemen mit Stolz und Ehre. Sie konnten durchaus zur ehrenwerten Sorte gehören, ganz einfach aus Stolz und Selbstachtung.

Reva hatte nun alles Geld in ihrer Beuteltasche

und warf einen schnellen Blick zu mir herüber. Ich stand als letzter Gast an der Bar.

Der Barkeeper sagte hinter mir – denn ich lehnte mit dem Rücken an der Bar: »Mister, wir schließen jetzt. Trinken Sie bitte aus. Ich wünsche Ihnen einen guten Tag.«

O ja, sie waren hier höflich in Denver.

Reva erhob sich und ging an mir vorbei zum Ausgang. Sie musste nicht zur großen Spielhalle und zum Hauptausgang hinüber. Es gab hier noch eine kleine Seitentür, die gewiss in eine Gasse an der Seitenfront der Zebulon Hall führte.

Der löwenhafte Revolvermann Burt McLowry, der die ganze Zeit – es waren ja Stunden gewesen – an der Wand gelehnt und eine Zigarre nach der anderen gepafft hatte, drückte sich mit der Schulter von der Wand ab.

Seine Jacke war vorn offen. Man konnte in Höhe seiner Brustwarzen die beiden Griffe der Revolver sehen, die er in Schulterholstern trug.

Er warf mir einen harten Blick zu, und ich wusste, er war sich über mich nicht klar, wusste mich nicht einzuordnen. Vielleicht warnte ihn etwas in seinem Kern.

Aber weil Reva sich erhoben hatte, ging er zur Seitentür, öffnete sie und glitt in die Gasse hinaus. Ich wäre jede Wette darauf eingegangen, dass er zuvor und während des Türöffnens für einige Sekunden die Augen schloss.

Denn nur so konnte er sich an die noch vorhandene Dunkelheit in der Gasse schnell gewöhnen. Dennoch war es ein Wagnis für ihn.

Doch was sollte er anderes tun? Er war der Beschützer einer Pokerqueen. Und diese musste mit ihrem riesigen Spielgewinn zum Hotel.

Sie warf mir wieder einen Blick zu, den ich sofort richtig zu deuten wusste.

Als sie aus der Tür hinaus in die Gasse treten wollte, da krachte draußen eine doppelläufige Schrotflinte.

O ja, da kannte ich mich aus. In der Gasse donnerte ein Parker-Schrotgewehr! Und diese Sorte verschoss kein Vogelschrot oder Kaninchenpfeffer. Was da aus den beiden Läufen donnerte, das bezeichnete man auch als »Indianerschrot«. Und damit konnte man einen Indianer in zwei Teile zerlegen.

So war es daheim in Texas, wo man es immer wieder mit Comanchen zu tun hatte.

Reva kam rückwärts wieder herein und warf die Tür zu.

Der Barmann aber fluchte bitter und kam mit einer abgesägten Schrotflinte zu uns.

Wir verharrten vor der Tür, die Reva zugeschlagen hatte.

Es dauerte nur noch wenige Sekunden, dann wurde die Tür von draußen aufgetreten. Zwei geduckte Gestalten sprangen mit schussbereiten Waffen herein.

Der Barmann und ich, wir schossen fast gleichzeitig.

Und dann war es vorbei.

Der Barmann trat zu den beiden am Boden liegenden Banditen. Er trat einen in die Seite und grollte böse: »Ihr seid zwei hirnlose Narren.«

Sie stöhnten und verloren gewiss eine Menge Blut.

Ich erkannte die beiden Kerle nun. Mit ihnen hatte ich vor einer halben Stunde noch am Spieltisch gesessen und Poker gespielt.

Es kamen nun andere Angestellte des Hauses aus der großen Halle herüber, Hauspolizisten und Barkeeper, Kartenausteiler und Croupiers.

Man hatte auch sonst im Haus Schluss gemacht und wollte schließen, sobald der letzte Gast durch den Hauptausgang hinaus gewesen wäre.

»Diese verdammten Banditen«, grollte unser Barmann, dessen abgesägte Schrotflinte noch rauchte.

Er sah Reva und mich an und sagte: »Sie sollten jetzt besser durch den Vorderausgang zur Main Street hinaus. Das hier alles bringen wir in Ordnung und geben es auch dem Marshal zu Protokoll. Gehen Sie, Miss Lucky Queen.«

Er sah mich an. »Begleiten Sie die Lady?«

Ich nickte nur. Und dann gingen wir.

Draußen ging die Morgendämmerung schon in den Tag über. Bald würde über den Bergen im Osten die Sonne auftauchen.

Denver war jetzt wie ausgestorben und leblos. Die Minenstadt hatte wie ein wildes Tier getobt und alle Leidenschaften ausgelebt.

Nun war dieses wilde Tier erschlafft.

Reva sagte: »Ja, bring mich ins Hotel, Jones O'Hara. Ich habe dich sofort wiedererkannt und mich daran erinnert, wie schön es damals war. Doch dann hieß es, du wärst mit deiner Abteilung in eine Falle geritten, und keiner von euch hätte es überlebt. Ich habe um dich geweint, Jones. Komm mit mir.

Burt McLowry wird tot sein. Ich kann nur noch für seine Bestattung sorgen.«

Ich erwiderte nichts. Doch in meinem Kopf jagten sich die Gedanken.

Wir hatten etwa zweihundert Schritte bis zum Palace Hotel.

Der Nachtportier schlief im Sessel hinter dem Anmeldepult. Reva hatte ihren Zimmerschlüssel in der Tasche. Als wir vor ihrem Zimmer verhielten, kramte sie ihn heraus. Und wenig später lagen wir ausgezogen in ihrem Bett.

Es war ein wunderschönes Bett, das wahrscheinlich von Frankreich über New Orleans hierher gekommen war, eine Messingbett mit großen Messingkugeln an den Pfosten.

O verdammt, es war wieder so wie damals vor fünf Jahren im großen und noblen Herrenhaus einer Baumwollplantage in Louisiana, als ich schon Captain war.

Die Vergangenheit hatte uns wieder eingeholt, so als wären nur wenige Tage vergangen. Ja, wir liebten uns mit einem gewaltigen Hunger. Es war alles wieder ganz selbstverständlich – so wie damals. Und wir brauchten keine Worte.

Draußen stand die Sonne schon hoch am Himmel, als wir endlich einschliefen. Und meine letzten Gedanken waren: Oh, Reva, du bist wunderbar. Dann erst schlief ich ein und hielt sie dabei in meinem Arm.

Wir ließen uns am späten Mittag das Essen aufs Zimmer bringen. Reva gab der zuerst staunenden Bedienung ein nobles Trinkgeld.

Dann saßen wir uns gegenüber.

Nachdem wir mit einigen Bissen unseren ersten Hunger gestillt hatten, sah ich Reva an. Sie sah ziemlich zerzaust aus. Dennoch glänzte ihr schwarzes Haar seidig und leuchteten ihre grünen Katzenaugen.

»Na los, erzähl mal«, verlangte ich. »Fang an.«

Sie sagte noch nichts, aber ich sah ihr an, dass sie jetzt tief in sich hineinlauschte und all die Erinnerungen in ihr hochkamen.

Dann lächelte sie mich an und sprach langsam: »Ich musste dich damals für tot halten. Auch meine Eltern waren ja zwei Jahre zuvor von Guerillas umgebracht worden, weil sie das Versteck unseres Familienschmucks und des Geldes nicht verraten wollten. Sie konnten dieses Versteck nicht preisgeben, weil auch ich darin verborgen war. Man hätte mich gewiss sonst vergewaltigt. Ich war dann fast zwei Jahre allein auf unser Plantage mit mehr als hundert Sklaven, hielt als junges Ding mit Hilfe eines harten Verwalters, den die Sklaven wie den Teufel hassten, alles in Gang. Vielleicht hätten sie ihn und mich schon damals umgebracht, wenn du nicht mit deinen Reitern gekommen wärest und bei mir Quartier gemacht hättest, um die Verwundeten zu pflegen. Ich hatte mich sofort in dich verliebt. Doch schon nach wenigen Tagen musstest du weiter. Ihr rittet in eine Falle, die euch eure Verfolger gestellt hatten. Ihr wart ja hinter den feindlichen Linien.

Nun, dann hörte ich, dass sie euch alle umgebracht hätten. Meine Sklaven brachten auch meinen Verwalter um. Ich musste flüchten, mein Leben retten. Jones, es begann für mich eine böse Zeit. Und darüber möchte ich nicht sprechen. Mir blieb nichts mehr fremd auf dieser Erde. Aber irgendwann begann ich meine Schönheit einzusetzen, um Macht zu gewinnen. Ich wurde eine Abenteuerin, Glücksjägerin. Und dann begann ich nach den Mördern meiner Eltern zu suchen und suchen zu lassen, nach den Anführern jener Guerillahorde.«

Als sie verstummte, da fragte ich: »Und? Hast du sie finden können?«

Sie schwieg einige lange Atemzüge.

Dann sprach sie ruhig: »Ich habe in den vergangenen drei Nächten mit ihnen Poker gespielt. Ihre Namen sind Pat Garreter, Jesse und Slim Taggert und Jubal Kenzie. Ja, es sind jene vier Hurensöhne, die sich jetzt wie hartgesottene Gentlemen geben. Und sie beherrschen Canyon City und das dahinter liegende Tal mit all den vielen Minen, Claims und mehr als tausend Goldgräbern und Minenleuten. Und jeder ist verrückt nach mir.«

Als sie verstummte, da jagten sich wieder einmal meine Gedanken.

Und so begann ich zu begreifen, dass Reva mehr als nur eine fast unschlagbare Pokerspielerin war, sondern ein ganz anderes Spiel spielte.

»Heiliger Rauch«, murmelte ich. »Du willst sie völlig verrückt machen, sodass sie sich im Wettstreit um deine Gunst zu hassen beginnen und gegenseitig umbringen. Ist das dein Plan?«

»Gewiss«, erwiderte sie klirrend. Ja, es war nun ein metallischer Klang in ihrer Stimme, der mich ahnen ließ, wie hart sie geworden war in den vergangenen fünf Jahren, in denen ihr nichts mehr fremd blieb auf dieser Erde.

»Eine schöne Frau kann alles erreichen. Sie muss ihre Möglichkeiten nur genau kennen und einsetzen. Jones, sie waren eine verdammte, gnadenlose Mörderbande. Ich hörte damals in meinem Versteck meine Mutter um Gnade flehen. Sie war keine starke Frau. Und ich konnte ihr nicht helfen. Meinen Vater hatten sie zusammengeschlagen. Der war schon halb tot. Ja, Jones, ich will Rache. Willst du mir helfen?«

»Was soll ich tun, Reva? Ich könnte sie nacheinander töten. Denn ich wurde ein Revolvermann. Ich müsste sie nicht mal aus dem Hinterhalt abschießen, also feige morden. Ich könnte sie Mann für Mann zum Duell fordern und würde sie schaffen.«

»Nein, so nicht«, erwiderte sie heiser. »Sie sollen sich gegenseitig umbringen. Ich will auch nicht, dass wir als Paar nach Canyon City gehen. Wir werden getrennt dort auftauchen. Und dann sollst du im Hintergrund bleiben, nur beobachten und bereit sein, mir beizustehen, wenn ich es auf meine Art nicht schaffe. Willst du?«

Ich musste nicht lange nachdenken, obwohl mir klar war, was für ein Spiel das werden würde. Doch für Reva würde ich alles tun.

Sie hatte sich mir in diesem Zimmer geschenkt.

Und so sagte ich: »Reva, ich komme nach Canyon City.«

6

Von Denver nach Canyon City waren es an die hundertfünfzig Meilen in die Rocky Mountains hinauf nach Westen.

Natürlich nahm Reva am nächsten Tag die Postkutsche, und diese würde kaum mehr als zwölf Stunden brauchen, weil sie unterwegs viermal das Sechsergespann wechseln konnte.

Mit meinem zähen Wallach würde ich mehr als drei Tage brauchen.

Aber es war gewiss gut so, dass ich erst später als Reva nach Canyon City kam.

Natürlich hätte auch ich eine Postkutsche nehmen können, aber dann wäre mein Wallach plötzlich ohne seinen besten Freund gewesen – und dieser Freund war ich.

Ja, ich mochte dieses Pferdebiest, das sonst niemanden an sich heran ließ außer mir. Wir waren schon sehr lange zusammen und verstanden uns, so als gäbe es ein Geheimnis zwischen uns aus einem früheren Leben.

Nein, ich konnte ihn nicht einfach so aufgeben und mich von ihm trennen. Der Wagenweg nach Canyon City würde also wieder einmal ein langes Reiten für mich werden.

Als ich mit meinem wenigen Gepäck zum Mietstall kam, da empfing mich der Stallmann mit den bitteren Worten: »Diese Krücke hätte mir fast den Kopf abgetreten, dieser verdammte Auskeiler. Der sieht so harmlos aus wie Tante Nelly in der Küche beim Kuchenbacken. Dabei habe ich ihm nur auf die Hinterbacke geklopft.«

Ich grinste und erwiderte: »Tante Nelly hätte dir auch eine gefeuert, wenn du ihr auf die Hinterbacke geklopft hättest – oder?«

Nun grinste auch er und fragte, indes ich den Pinto sattelte: »Da soll in der Zebulon Hall drei Nächte lang ein großes Pokerspiel stattgefunden haben. Vier harte Jungs gegen eine wunderschöne Katze. Und jeder wollte sie erlegen. Aber sie hat die harten Vier total rasiert. Waren auch Sie als Zuschauer dabei? Man spricht in ganz Denver von dem Spiel der wunderschönen Katze gegen die vier Bosse von Canyon City.«

»Ja, ich war dabei«, erwiderte ich. »Aber nur die letzte Nacht. Sie hat die vier harten Burschen lächelnd erledigt. Und jetzt folgt sie deren Einladung nach Canyon City. Was sind das für Männer? Und was wollten sie zu viert hier in Denver, wenn sie doch die Bosse von Canyon City sind?«

Der Stallmann kratzte sich hinterm Ohr und dachte nach.

Aber dann wusste er es plötzlich. Denn er sagte: »Die mussten sich hier beim Regierungsvertreter den Besitzwechsel einiger Minen beurkunden lassen. Das musste wohl im Register umgeschrieben werden. Denn in Canyon City gibt es keinen Regierungsvertreter. Canyon City gilt noch als wildes Camp. Doch der Ort soll sich gewaltig verändert haben – etwa so wie eine Pilzkolonie im Wald bei feuchtem, mildem Wetter.«

Ich sagte nichts mehr, aber was mir der Stallmann

sagte, klang logisch. Und es sagte mir, dass die vier harten Burschen offenbar auf irgendeine Art einige Minen an sich gebracht hatten.

Ich gab dem Stallmann noch ein Trinkgeld und saß auf.

Und dann war ich nach Canyon City unterwegs und folgte Reva, die schon vor einer Stunde mit der Overland Stage losgefahren war.

In frühesten drei Tagen würde ich sie wiedersehen.

Was aber kann nicht alles in drei Tagen und Nächten geschehen.

Doch ich war mir sehr sicher, dass Reva eine erfahrene Abenteuerin geworden war, die sich in allen Situationen behaupten konnte. Und dabei würden ihr ihre Schönheit und ihre Ausstrahlung helfen.

Ja, ihre Ausstrahlung …

Es gibt wunderschöne Frauen, die bei aller Schönheit ohne jene Ausstrahlung sind, also ohne jene Macht, denn sie wirken nur wie schöne Puppen.

Aber Reva besaß die suggestive Macht der Schönen. Ich machte mir vorerst keine Sorgen um sie.

Ich ritt an diesem Tag viele Meilen, und immer wieder dachte ich über die Situation nach, in der ich mich jetzt befand und auf die ich sozusagen zuritt wie zu einem besonderen Abenteuer.

Reva zu helfen, ihr beizustehen, dies empfand ich als eine Herausforderung.

Ja, sie hatte schnell wieder Macht über mich bekommen. Ich wollte ihr Ritter sein, ihr beweisen, dass es für sie keinen besseren Mann gab auf dieser Erde.

Vielleicht war ich nur ein Dummkopf und hatte sie

vom ersten Moment unseres so unverhofften und unerwarteten Wiedersehens an wie ein süßes Gift im Blut.

Denn das alles musste doch vom Schicksal so gewollt sein. Und überdies hatte ich plötzlich wieder ein Ziel, eine Aufgabe.

Und ich würde reich belohnt werden.

Eigentlich hatte ich ja schon einen Vorschuss bekommen.

Der Wagenweg war nicht einsam. Es zogen viele Menschen nach Canyon City. Denn hinter der Stadt vor einer engen Schlucht und hinter dieser kurzen Schlucht, da tat sich ein großer Canyon auf. Und in diesem Canyon wurde Gold und Silber geschürft.

Nun war auch ich dorthin unterwegs. Mit mir ritten und fuhren andere Menschen. Manche überholte ich, andere hatten es eiliger als ich. Und auch Frachtwagenzüge waren unterwegs. Wahrscheinlich mussten dort in Canyon City und im Big Canyon Tausende von Menschen versorgt werden – angefangen vom Hufnagel bis zum Klavier.

Ich kannte solche wilden Städte und deren Umland, wenn alles boomte.

Für Gold und Silber nahmen die Menschen alles auf sich, auch Mord und Totschlag. Und wo es die Guten und Redlichen gab, da waren auch die Bösen und Sündigen.

Ich kannte das alles.

Einige Male ritt ich in diesen drei Tagen auch in Gesellschaft, und einige dieser Reiter, die wollten gewiss nicht hart arbeiten auf Claims oder in den Minen. Nein, die gehörten zu der anderen Sorte.

Der Weg stieg zumeist ständig an, denn er führte immer höher in die Rockies. Manchmal überholte ich Reiter, die am Vortag an mir vorbeigeritten waren. Jetzt waren ihre Pferde erschöpft und brauchten längere Pausen. Ich aber war auf meinem Pinto stetig geritten, nicht schnell, zumeist im lässigen Trab oder gar – wenn der Weg zu steil anstieg – im Schritt.

Aber diese Narren wollten so schnell wie möglich dorthin, wo sie reiche Beute zu finden hofften wie jenes Goldene Vlies der griechischen Sage, dieses Widderfell.

In einer Schlucht stieß ich auf einen Mann, der soeben sein Pferd erschoss, weil es sich das linke Vorderbein in Fesselhöhe gebrochen hatte.

Er hielt mich mit einer fast drohend wirkenden Armbewegung auf.

Und ich sah sofort, dass er zu jener Sorte gehörte, die von ihrem schnellen Revolver lebte. Vielleicht war er zur Hälfte oder zu einem Viertel ein Comanche. Er hatte schräge Schlitzaugen und einen hartlippigen Mund, der fast von einem Ohr zum anderen reichte.

Er grinste mich an und hatte seine Rechte am Revolverkolben.

Und grinsend sagte er: »Das trifft sich gut. Entweder reiten wir zu zweit auf deinem Pinto weiter, oder du überlässt ihn mir einfach und wartest auf den nächsten Wagenzug oder die nächste Postkutsche. Ich habe es eilig. Es kam ein großer Stein von oben heruntergerollt und traf die Fessel meines

Braunen. Also, wie willst du es haben, Mann, wer du auch bist?«

Er hatte also seine Hand am Revolverkolben, und ich wusste, er würde verdammt schnell ziehen können.

Ich aber saß im Sattel, und selbst wenn ich mich in den Steigbügeln aufstellte, würde ich vielleicht nicht schnell genug sein. Er war einer dieser verwegenen Burschen, die sich stets mit Verwegenheit zu behaupten versuchten. Und gewiss war er damit bisher auch immer durchgekommen.

Warum sollte ich ein Risiko eingehen? Im Sattel sitzend konnte man nicht so schnell ziehen wie zu Fuß am Boden.

Und so stieß ich einen Fluch aus und sagte: »Das ist Pferdediebstahl. Ist dir das klar, mein Freund?«

»Das ist mir scheißegal«, sagte er und grinste. »Herunter vom Gaul. Ich glaube nicht, dass wir uns zu zweit auf dem Pinto vertragen könnten. Also, herunter vom Gaul! Ich muss weiter!«

Ich seufzte bitter, hob die Hände und saß ab.

Dann trat ich mit erhobenen Händen von meinem Pinto weg, der schon wachsam wie ein Wolf die Ohren bewegte.

Dabei sagte ich: »Reb, du bekommst einen neuen Herrn. Sei brav zu ihm.«

»So ist es gut.« Der Revolverschwinger grinste großspurig. »Du kannst dir meinen Sattel nehmen. Es ist ein Dreihundert-Dollar-Sattel, verstehst du?«

Nach diesen Worten hatte er plötzlich seinen Revolver in der Hand, und ich wusste nun, dass er verdammt schnell war.

Mit dem Revolver in der Hand saß er auf, behielt mich dabei im Auge und war bereit zum Schießen.

Mein Wallach – der sonst so wilde Reb – war nun brav, weil ich ihm ja gesagt hatte, dass er brav sein solle.

Der Revolverschwinger grinste und sprach dann: »Ich glaube, du bist eine verdammte Flasche, ein Weichei. Du lässt dir einfach so dein Pferd wegnehmen. Dabei siehst du gar nicht wie ein friedlicher Hammel aus, eher wie ein zweibeiniger Wolf. Oho, wie man sich doch täuschen kann.«

Er ritt nun einige Yards rückwärts. Als er meinen Wallach herumziehen wollte, um nun vorwärts reiten zu können, da rief ich scharf: »Feuer!«

Reb kam mit der Hinterhand hoch, als wollte er einen Kopfstand machen. Ja, er machte fast einen Salto.

Und der Dummkopf in meinem Sattel flog fast wie eine Schwalbe und schlug hart mit dem Kopf gegen einen großen Stein.

Als ich ihn untersuchte, da war kein Leben mehr in ihm.

Und so saß ich auf und ritt weiter.

Ich hätte ihn am Leben gelassen. Doch sein Schicksal hatte es anders gewollt.

Es war am nächsten Vormittag, als ich den Fluss erreichte. Es war ein kleiner, aber sehr strömungsstarker Creek, der aus den Bergen kam.

Es gab hier eine Sägemühle, zu der ein Ochse Baumstämme aus dem Wald zog.

Und diese Sägemühle auf der anderen Seite sägte Bretter. Die Bretter säumten sich in hohen Stapeln am Wagenweg, der in einiger Entfernung in die Stadt führte, die vor dem Eingang einer Schlucht lag wie ein Korken in einem Flaschenhals.

Es gab da drüben viele nagelneue Häuser. Sie leuchteten gelblich herüber, so gelb wie die Bretterstapel rechts und links des Wagenwegs.

Ich ritt weiter und erreichte unterhalb der Sägemühle die Furt. Hier war der Creek sehr viel breiter. Das Wasser strömte nicht mehr so stark und reichte meinem Pinto knapp bis unter den Bauch.

Und so ritt ich hinüber.

Am Ende der Bretterstapel, dort wo die ersten neuen Häuser begannen, da standen einige Gestalten. Sie trugen dunkle Anzüge und hatten Hüte auf den Köpfen.

Ganz gewiss waren sie keine Handwerker, eher Wächter.

Ich nahm mein Gewehr aus dem Sattelschuh. Das ließ mich harmloser erscheinen. Denn ein Revolvermann hätte sich auf seinen Revolver verlassen, nicht auf ein Gewehr.

Sie empfingen mich schweigend, und es ging eine Drohung von ihnen aus.

Ja, sie wirkten wie sechs Zerberusse, doch jeder hatte nur einen Kopf.

Ich hielt an und fragte höflich: »Geht es hier nach Canyon City – oder gehört das hier schon dazu?«

Einer grinste zu mir hoch. »Dies ist der Bauhof von Canyon City«, sagte er. »Hier kann sich jeder sein Haus aussuchen. Im Canyon dürfen nur solche

Häuser errichtet werden, keine anderen. Denn im Canyon herrscht Ordnung, da gibt es kein Durcheinander. Was führt Sie nach Canyon City? Was für eine Lizenz wollen Sie erwerben?«

»Welche sind denn zu haben?« Ich fragte es staunend.

Nun grinsten sie alle. Sie standen je zu dritt zu meinen Seiten.

Ihr Sprecher sagte: »Viele. Es gibt Lizenzen für Handwerker, Barkeeper, Spieler, Gold- und Silbersucher oder Minenarbeiter. Was für eine wollen Sie beantragen?«

Sie warteten begierig auf meine Antwort. Denn nun musste ich zu erkennen geben, zu welcher Sorte ich gehörte.

Eines begriff ich in dieser Minute: Dort drinnen im Canyon wurde alles überwacht. Und so erwiderte ich: »Eigentlich wollte ich gern auf einem Claim mein Glück versuchen. Und auch ein wenig Spaß möchte ich haben in meiner Freizeit. Oder gib es in Canyon City keinen Spaß zu kaufen?«

Sie grinsten oder lachten leise.

»Gewaltig viel Spaß, wenn man ihn bezahlen kann«, sagte ihr Sprecher. »Kommen Sie da in das Office. Sie bekommen eine ganz allgemeine Lizenz. Aber es muss Ihr Name eingetragen werden. Dort drüben ins Office.«

Er deutete auf eines der nagelneuen Holzhäuser.

7

Wenig später ritt ich in die enge Schlucht hinein. Mein Name stand nun in einem Register. Sie hatten hier alles unter Kontrolle, wussten genau, wer hinein- und hinauswollte.

Aber eigentlich war ja gegen eine verwaltende Ordnung nichts einzuwenden, denn sie machte aus einem wilden Camp einen zivilisierten Ort.

Aber vielleicht hatten sie hier alles etwas zu streng unter Kontrolle und war der Canyon, in den die Schlucht wie ein Flaschenhals einmündete, eine große Falle.

Nun, ich würde es herausfinden.

Die enge Schlucht mit den steil aufragenden Felswänden war etwa eine Viertelmeile lang und wirkte wie ein Riss in einer Felsbarriere.

Und dann öffnete sie sich wie ein breites Maul in den Canyon.

Ich hielt an und staunte.

Der Canyon war gewiss an seiner breitesten Stelle fast eine Meile breit und hatte eine Länge von mehr als zehn Meilen. Er endete vor einer Felswand, die wie jene war, durch die ich soeben in der engen Schlucht ritt.

Es war heller Tag. Die Sonne hatte inzwischen ihren höchsten Stand erreicht. Ich hatte meilenweite Sicht.

Überall im Canyon herrschte reges Leben.

Und die Stadt Canyon City lag dicht vor mir. Die ersten Häuser waren nur einen Steinwurf weit entfernt. Es waren alles Häuser der gleichen Bauweise, die ich schon vor dem Schluchteingang als Musterhäuser gesehen hatte.

Wahrscheinlich durften nur solche Häuser in Canyon City errichtet werden.

Und so wirkte die Stadt sehr ordentlich, sauber und geradezu gepflegt, fast steril. Hier gab es kein Durcheinander. Heiliger Rauch, dies hier war kein wildes Camp, in dem jeder Mensch machen konnte, was er wollte.

Langsam ritt ich in die Hauptstraße ein, fand gleich auf der rechten Seite den Wagenhof mit der Schmiede und dem Mietstall.

Als ich vor dem offenen Stalltor verhielt, da kam der Stallmann mit einer Schubkarre voll Pferdemist heraus. Er hielt an und betrachtete meinen Pinto.

»Der hat es nötig«, sagte er. »Und das kostet einen Dollar pro Tag. Wir leben hier nicht von Hühnerfutter.«

»Das glaube ich, Shorty«, erwiderte ich. »Aber klopfen Sie dem Pinto nicht auf die Hinterbacken. Dann keilt er.«

»Das glaube ich.« Der kleine Stallmann grinste. »Der sieht so aus wie mein Onkel Tate, den seine Frau kastriert hatte, weil er sie betrog. Der schielte auch immer so und hatte nur Weißes in den Augen. Aber wieso wussten Sie, dass ich Shorty genannt werde? Liegt es daran, dass alle kleinen Excowboys mit krummen Beinen so genannt werden? Lassen Sie mich mal Ihre Handrücken sehen.«

Ich tat ihm den Gefallen, und da sah er die alten Lassonarben, die von rutschenden Lassoleinen verursacht werden, wenn am anderen Ende ein wilder Stier um seine Freiheit kämpft.

»O ja, wir sind von der gleichen Gilde«, sagte er. »Aber ich habe nie meinen Revolver so getragen wie Sie.«

Ich gab ihm fünf Dollar. Er nahm sie grinsend und sagte: »Diese Stadt und dieser Canyon sind voller Revolverschwinger, und die meisten haben sich getarnt. Aber Sie werden gewiss auf sich achten, Texas.«

Er hatte an meiner Aussprache gehört, woher ich kam und wo meine Heimatweide gewesen war. Und auch er war dort geboren. Deshalb lag es gewiss nicht an den fünf Dollar, dass uns etwas verband, was Texaner auf der ganzen Welt verbindet – zumindest nach Alamo.

Ich ging mit meinem wenigen Gepäck davon und schlug den Weg in die Stadtmitte ein.

Dabei fragte ich mich, wem ich wohl zuerst begegnen würde – jenen vier harten Burschen, die gegen Reva beim Poker nicht gewinnen konnten, oder Reva. Letztere musste ja schon drei Tage und drei Nächte hier sein. Die vier Harten aber – ich nannte sie in meinen Gedanken so – waren noch einen Tag früher von Denver losgefahren als Reva. Es herrschte Leben und Treiben in Canyon City. Alle Geschäfte waren gut besucht. Es gab Saloons jeder Größe, Amüsierhallen, Spielhallen, Restaurants und Bratstände. Wagen jeder Sorte, auch Reiter und Fußgänger, waren unterwegs. An den Bratständen drängten sich Minenarbeiter und Gold- und Silberschürfer.

Auch ich verspürte Hunger und sah mich nach

einem Bratstand um, wo man stehend etwa essen konnte.

Und da sah ich plötzlich Sally wieder, ja, es war jene Sally, die sich mir in Painted Desert City geschenkt hatte. Und zuvor hatte sie mir ein Steak gebraten, einen starken Kaffee gekocht und mich gepflegt, als ich angeschossen war.

Dann war sie ihrem Mann, dem Storehalter, weggelaufen, einfach in eine Postkutsche gestiegen, die nach Norden fuhr. Und ich hatte ihren Mann aufgehalten, ihr so die Flucht ermöglicht.

Doch ich war nicht mit ihr gefahren.

Jetzt aber hatte ich sie hier eingeholt.

War das Schicksal?

Der Bratstand gehörte offenbar ihr. Und sie hatte eine Menge zu tun. Ein junger Chinese half ihr.

Ich hatte angehalten und beobachtete sie. O ja, sie war eine hübsche junge Frau. Doch mit Reva war sie nicht zu vergleichen. Reva war schön.

Der Bratstand war von mehr als einem Dutzend hungriger Mägen umlagert. Es gab Steak mit Bohnen, Pfannkuchen mit Speck und Kaffee, aber auch Bohnensuppe, zum Nachtisch Apfelkuchen. Ein Dach schützte den Bratstand zwischen zwei Häusern. Aus dem Holzdach ragte der rauchende Schornstein des Ofens. Und im Hintergrund stand ein typischer Chuckwagen, wie ihn die Treibherden mitführten. Dort in diesem Wagen, dessen Klappe heruntergeklappt war, lagen die Vorräte.

Es war alles primitiv, doch irgendwie praktisch und perfekt.

Heiliger Rauch, dachte ich, sie behauptet sich auf

diese Weise. Sie verkauft sich nicht an Männer, sondern arbeitet hart als Unternehmerin. Sie ist prächtig. Viele Frauen an ihrer Stelle, die ihren Männern wegliefen, die hätten das nicht geschafft. Oder hatte sie einen Geldgeber gefunden und ihn mit sich bezahlt, so wie damals mich?

Immerhin hatte ich damals ihren Mann aufgehalten.

Ich ging weiter und suchte mir einen anderen Bratstand, kaufte mir dort ein Steak mit Bohnen. Doch ich dachte dabei immerzu an Sally Miller, deren Mädchennamen ich ja nicht kannte. Wahrscheinlich hatte sie diesen Mädchennamen wieder angenommen.

Als ich meinen Hunger gestillt hatte, begann ich endlich wieder an Reva zu denken. Denn wegen ihr war ich ja nach Canyon City gekommen, nicht wegen Sally.

Aber beide Frauen waren in dieser Stadt.

Was würde werden hier in Canyon City?

Jetzt um die Mittagszeit wirkte die Stadt friedlich, zwar lebendig und rege, doch friedlich in der Spätmittagssonne.

Doch ich wusste, dass die Stadt – so sauber sie auch wirkte und so schön auch ihre Holzhäuser waren – in den Nächten ein wildes Tier werden würde, das brüllte und tobte. Das war so in all diesen Städten inmitten von Fundgebieten, wo einige tausend Gold- und Silberschürfer, Minenarbeiter, Frachtfahrer und alle anderen Sorten hart arbeiteten oder auf Beute lauerten.

Diese Burschen wollten jede Sünde begehen, also

sich betrinken, spielen, sich in den Tingeltangels amüsieren und sich Huren kaufen.

Und so gab es seit vielen tausend Jahren auf dieser Erde große und kleine Babylons und wird es sie immer geben.

Ich fragte mich, wo Reva zu finden sein würde. Aber wahrscheinlich musste ich da nach dem Abendessen nur in die nobelste Spielhalle gehen.

Es wurde Zeit, mich nach einem Quartier umzusehen. Und so bog ich bald in eine Quergasse ein und erreichte eine kleine Pension. Eine füllige Frau brachte am Verandadach-Stützbalken gerade ein Schild an, auf dem man lesen konnte, dass hier ein Zimmer frei wäre. Und so hielt ich an mit meinem wenigen Gepäck und fragte: »Wäre ich Ihnen recht, Ma'am? Ich bin gerade erst angekommen.«

Sie sah mich prüfend an, richtete auch ihren Blick auf meinen Revolver, den ich auf unmissverständliche Art trug, nämlich ziemlich tief unter der Hüfte.

»Ich weiß nicht, junger Mann«, sagte sie. »Dieses Zimmer wurde frei, weil der wilde Junge, der es bewohnte, nicht schnell genug ziehen konnte im Fair Play Saloon, nachdem ihm ein Ass aus dem Ärmel fiel. Sind Sie auch einer von dieser Sorte?«

Ich lächelte sie an und ließ sie in meine Augen sehen.

»Probieren Sie mich doch mal aus, Ma'am.«

Sie entschloss sich plötzlich, so als hätte sie in meinen Augen etwas erkennen können. Gewiss war sie eine erfahrene Frau. Sie konnte altersmäßig meine Mutter sein.

Das Zimmer war einfach, doch sehr sauber.

»Sie müssen zwei Dollar pro Tag zahlen, Frühstück gibt es für einen Dollar. Ich weiß, dass es eine Menge Geld ist. Doch das Leben hier ist teuer. Ich bin Witwe. Mein Mann war Bergwerksingenieur. Er wurde verschüttet. Mit Ihnen sind hier vier Gäste im Haus, darunter auch eine Frau. Wenn Sie sich unserem guten Klima nicht anpassen können, müssen Sie wieder ausziehen. Mein Name ist Clara Stone.«

»Meiner ist Jones O'Hara, Ma'am.«

Sie sah mich noch einmal an und nickte.

»Hinter dem Haus ist eine kleine Badehütte mit einer Pumpe. Sie riechen nach Pferd und Staub.«

Nach diesen Worten ging sie zur Tür.

»Und Ihre Wäsche wasche ich auch«, sprach sie von dort noch und ging.

Ich legte mein Gepäck ab und setzte mich auf den Bettrand, sah mich noch einmal um.

Ich war also in Canyon City angekommen.

Was würde sein?

Wieder dachte ich zuerst an Sally und erst dann an Reva.

Nach Anbruch der Nacht würde ich Reva gewiss wiedersehen.

Und Sally?

Als ich mich auf den Weg machte, um Canyon City zu erkunden und nach Reva zu suchen, da war es schon zwei Stunden vor Mitternacht.

Ich hatte gebadet, mich rasiert und trug sauberes Zeug.

Eigentlich sah ich recht manierlich aus, ganz und

gar nicht wie ein Satteltramp, der in den Canyon gekommen war, um sein Glück zu versuchen.

Ich hatte auch einige Stunden geschlafen und fühlte mich frisch und ausgeruht.

Auch auf die vier Harten war ich neugierig. Denn wenn sie die Bosse von Canyon City waren, dann musste ich ihnen ja irgendwann, irgendwie und irgendwo begegnen.

Ich war voller Neugierde.

Aber zuerst sah ich wieder Sally in ihrer offenen Bratküche, ihrem Bratstand. Und wieder war sie voll beschäftigt und füllte viele hungrige Mägen.

Ich schlich mich vorbei und kam mir ziemlich feige vor.

Doch irgendwann würde ich ihr begegnen müssen. Was würde ich ihr dann sagen?

Canyon City war schon voll im Gange. Es war wild und ausgelassen, voll dabei, alle Sünden zu begehen.

Es gab sogar Feuerschlucker und Seiltänzer.

Und an einer Ecke stand ein bunter Wagen, dessen Besitzer in grünen Flaschen eine Wundermedizin verkaufte.

Immer wieder pries er das Zeug mit den lauten Worten an: »Wenn's vorne zwickt und hinten beißt, dann greif zu Pinkertons Wundergeist! Die Flasche kostet nur drei Dollar! Und als Einreibung hilft ihr Inhalt auch gegen Läuse!«

Er war von seinem Zeug offenbar fest überzeugt.

Der Strom der durstigen Kehlen und nach Sünden jeder Art lechzenden Männer füllte die Gehsteige. Dieser Strom drängte in die Lokale und kam auch wieder heraus. Sie alle waren auf der Suche nach etwas, aber sie wussten nicht so richtig, was es sein sollte.

Aus vielen Lokalen tönte Musik. Männerstimmen grölten.

Und vor der Golden Hall gab es plötzlich eine Schlägerei. Zwei Mannschaften hatten eine Schlacht begonnen. Offenbar waren es zwei Minen-Mannschaften, die sich aus irgendwelchen Gründen nicht mochten. Und so bildeten sie vor der Amüsierhalle ein Durcheinander und schlugen aufeinander ein.

Es gab zwei verschiedene Schlachtrufe. Einer lautete: »Hoiii, Aurora, hoiii!« Der andere hieß: »Hoiii, Steuben-Mine! Steuben-Mine! Schlagt ihnen die Köpfe ein!«

Es war gewiss sehr zweifelhaft, ob sich der alte und ehrenwerte General Steuben, der einmal der Generalstabschef Washingtons war, über diesen Schlachtruf gefreut hätte.

Einer der Zuschauer sagte neben mir: »Gleich wird es beendet. Da kommen die Marshals und machen die Bande platt. Passt auf, Leute!«

Ich sah zwei große Männer kommen, die ich im Schein der Lichter und brennenden Teerfässer, die hier auf der Main Street die Nacht erhellten, sofort erkannte.

Er waren zwei der vier Harten, die gegen Reva nicht gewinnen konnten.

Sie kamen mit langen, ruhigen Schritten.

Dann gingen sie in das Durcheinander hinein und schlugen mit ihren langläufigen Revolvern rechts und links blitzschnell zu.

Und rechts und links fielen die sich prügelnden Miner wie Säcke zu Boden.

Was die beiden Marshals von Canyon City da machten, das war hart und gnadenlos. Es war, als wären zwei Berglöwen über zwei sich balgende Hunderudel hergefallen.

Der Zuschauerkreis war angewachsen. Mehr als hundert sachkundige »Experten« hatten sich versammelt. Ja, in dieser Stadt waren sie alle sachkundig.

Ein Frachtfahrer sagte mit einem Klang von Respekt und Anerkennung in der Stimme:

»Anders geht es nicht. Die verstehen ihr Handwerk. Diese Wilden kann man nur auf diese Art friedlich werden lassen. Man muss ihnen was auf die Bumsköpfe knallen. Dann erst werden sie wieder friedlich.«

Ich hörte es, drängte mich durch den dichten Kreis und ging weiter, sah mir die Stadt an und ging auch durch die Quergassen. Denn es konnte wichtig werden für mich, dass ich mich schnell zurechtfand.

Als ich später wieder auf die Canyon Street einbog, da stand ich vor der gewiss größten und nobelsten Amüsierhalle der Stadt. Sie hatte drei Eingänge, und vor jedem Zugang stand ein bulliger Bursche als Türwächter, so wie der Höllenhund vor dem Zugang zur griechischen Unterwelt.

Der ganze Bau nannte sich Fair Play Hall, denn das konnte man auf dem großen Schild lesen.

Ich steuerte dem Eingang der Spielhalle zu.

Der Türwächter betrachtete mich von oben bis unten mit kundigem Blick.

Dann gab er mir den Weg frei und sagte höflich: »Viel Glück, Sir.«

O ja, sie waren höflich hier in Canyon City, solange man keinen Ärger machte. Sonst bekam man von den Marshals was auf den Bumskopf.

Ich trat also ein und wusste instinktiv, dass ich Reva Hattaway sehen würde.

Wo sonst hätte ich sie finden können? Sie war ja hergekommen, um ein gewagtes Spiel der Rache in Gang zu bringen.

8

Es war eine große Spielhalle. Hier musste man Spiel-chips an der Kasse kaufen. Und an dieser Kasse wurde auch Gold in jeder Form angenommen – also als Staub oder Nuggets.

Ich kaufte mir für hundert Dollar Chips und machte mich auf den Weg, versuchte da und dort an verschiedenen Tischen mein Glück mit kleinen Ein-sätzen, gewann beim Black-jack zwanzig Dollar und verlor sie wieder beim Roulette.

Als ich an der Bar einen Drink nahm, fragte mich mein Nachbar, ob ich mit ihm um den nächsten Drink würfeln möchte. Es war ein riesiger Bursche mit Blumenkohlohren, die ihn als ehemaligen Preis-kämpfer auswiesen, der zu viel auf die Ohren bekommen hatte.

Ich würfelte mit ihm. Doch er wollte nicht aufhören, weil er glaubte, sich kostenlos betrinken zu können.

Ich aber wollte mich nicht betrinken. Dieser eine Drink war vorerst genug für mich. Und den gewann ich auch noch mit vierzehn Augen, denn er hatte nur neun.

Als ich ihm sagte, dass ich nicht weiterspielen wollte, wurde er böse und verlangte Revanche. Ich tat ihm den Gefallen und gewann wieder. Nun wurde er noch böser, denn er musste nun zwei Drinks bezahlen und verlangte abermals Revanche.

Ich schüttelte den Kopf und wollte weg. Da riss er mich an der Schulter herum und versuchte es mit einem Schwinger an meinen Kopf.

Ich aber nahm den Kopf weg und knallte ihm die Linke auf die Leber.

Es war eine Säuferleber, die nichts mehr vertragen konnte. Und so fiel er auf ein Knie nieder und stöhnte.

»Du bist ein blöder Hund«, sagte ich auf ihn nieder und ging weiter.

Einer der Hauspolizisten trat mir in den Weg und grinste mich an.

»Das hatte er verdient«, sagte er. »Deshalb lasse ich das durchgehen. Neu hier? Ich habe Sie noch nie hier gesehen.«

»Ich bin gegen Mittag hier angekommen.«

»Der hat eine Säuferleber«, grinste er und gab mir den Weg frei.

Ich massierte mein Handgelenk, indes ich weiter meine Runde machte. Denn ich wusste, ein steifes oder schmerzendes Handgelenk konnte ich mir hier nicht leisten. Ich war ja ein Revolvermann. Oder war ich letztlich doch keiner?

Denn ein Revolvermann hätte nicht so hart zu-geschlagen, um seine Revolverhand zu schonen. Der hätte dem Narren die Revolvermündung gegen den Magen gestoßen.

Vielleicht war ich doch kein Revolvermann.

Ich grinste bei diesem Gedanken.

Dann erreichte ich den Zugang zu einem kleinen Spielraum. Solche separaten Spielräume gab es in jeder großen Spielhalle. Sie waren für die großen Spiele reserviert, in denen es um hohe Einsätze ging.

Das war in Denver schon so. Und jetzt sah ich Reva wieder in solch einer Runde.

Ja, zwei der vier Harten saßen dort mit ihr am Pokertisch in der Ecke. Die beiden anderen Mitspieler mochten reiche Minenbesitzer sein.

Reva teilte soeben Karten aus und blickte in meine Richtung. Aber dann senkte sie sofort wieder den Blick. Der Hauspolizist am Eingang sah mich an und sagte ruhig: »Es sind alle Plätze besetzt.«

Er sah auf die Chips in meiner Hand und sprach: »Das reicht nicht. Da drinnen wird um mehr gespielt.«

»Das glaube ich«, sagte ich und grinste. »Ich habe ja auch nur die Lady dort drinnen bewundern wollen. Wer ist denn die Schöne? Ist die den vier Gentlemen gewachsen?«

»Und wie …« Der Eingangswächter grinste. »Obwohl sie gegen die ganz Großen der Gulch spielt, gewinnt sie.«

Der Eingangswächter sagte »Gulch«, aber er meinte den Canyon.

Ich ging weiter und versuchte mein Glück an den verschiedenen Tischen, so wie es viele Gäste machten. Doch dabei dachte ich nach.

Reva spielte nur gegen zwei der vier Harten, und das lag gewiss daran, dass die anderen zwei des harten Quartetts als Marshals die Stadt unter Kontrolle halten mussten, also ständig ihre Runden gingen.

Wahrscheinlich würden die in der kommenden Nacht von den beiden anderen abgelöst werden, die jetzt mit Reva spielten.

Ja, so würde es sein. Reva spielte also stets nur gegen zwei.

Vielleicht erleichterte das ihr Vorhaben. Doch auch

die anderen Spieler an diesem Tisch waren gewiss erfahren und hartgesotten.

Ich fragte mich, wie ich mit Reva Verbindung aufnehmen konnte. Aber eigentlich hatten wir da schon in Denver einige Möglichkeiten besprochen.

Und morgen würde ich die eine Möglichkeit versuchen.

Dabei wusste ich noch nicht, was für eine Überraschung mir beim späten Frühstück bevorstand.

Es war zwischen Mitternacht und Morgen, als ich zu der kleinen Pension ging, die von Clara Stone geführt wurde. Ich hatte einen Schlüssel bekommen.

Auf dem Weg zur Pension kam ich auch an Sallys Bratstand vorbei. Es war dort kein Betrieb mehr. Alles war in den Chuckwagen geräumt. Nur der kalte Ofen stand hinter der Theke, die zwei Häuser miteinander verband.

Wo mochte Sally ihre Unterkunft haben? Wohnte auch sie in solch einer kleinen Pension wie ich? Oder konnte sie sich ein Hotel leisten? Was für Miete musste sie an die Stadt zahlen für ihren Unterstand zwischen zwei Häusern, der ursprünglich ein Durchgang gewesen war?

Nun, ich schlich mich wenig später ins Haus und in mein Zimmer.

Ja, ich war leise. Und als ich dann auf dem Bett lag, da dachte ich über die beide Frauen nach – über Reva und Sally.

Und ich fragte mich, was das Schicksal wohl mit uns vorhatte.

Es war am Vormittag oder späten Morgen, als ich ins Speisezimmer zum Frühstück kam. Und da saß Sally. Verdammt, ja, da saß Sally und staunte mich an, vergaß das Biskuit abzubeißen, von dem deshalb der Ahornsirup tropfte.

»Heiliger Rauch«, sagte ich.

»Duuu?«, staunte sie und fügte hinzu: »Mrs Stone sagte mir zwar, dass jetzt ein Texaner im Haus wäre, aber dass du dieser Texaner bist …«

Sie brach ab und biss endlich in das Biskuit.

Ich setzte mich zu ihr an den Tisch.

Mrs Stone trat aus der Küche und brachte mir Kaffee. Als sie mir einschenkte, sagte sie ruhig: »Sie kennen sich also. Was es nicht für Zufälle gibt? Man kann das kaum glauben.«

»Ja, wir kennen uns«, sprach Sally knapp. »Die Welt ist klein.«

Mrs Stone verließ uns und machte die Küchentür zu. Sie war eine diskrete Frau.

Ich holte mir die letzten Eier mit Speck aus der Pfanne auf meinen Teller und trank einige Schlucke Kaffee.

Dann sah ich in Sallys blaue Augen, die so gut zu ihrem goldenen Haar passten.

»Du magst mich nicht mehr«, stellte ich fest.

»So ist es«, erwiderte sie. »Aber ich danke dir trotzdem, weil du meinen Mann aufgehalten hast, sodass ich ihm entkommen konnte. Was willst du hier in Canyon City?«

»Ach, ich bin eben ein Satteltramp.« Ich grinste sie kauend an. »Ich dachte mir, dass ich mal nach Gold suchen könnte. Und nun fand ich dich.«

»Aus uns wird nichts mehr«, wies sie mich ab. »Das brauchst du dir gar nicht einzubilden. Du hattest deine Chance.«

Ich nickte und stillte meinen Hunger.

Sie aber vertilgte noch ein frisches Biskuit mit Ahornsirup.

Manchmal sahen wir uns über den Tisch hinweg an. Und um ein Gespräch in Gang zu bringen, sagte ich: »Gestern sah ich dich schon an deinem Bratstand. Du arbeitest hart. Deshalb hast du meinen ganzen Respekt. Du hättest auch auf andere Weise Geld verdienen können.«

Sie wusste sofort, was ich mit »auf andere Weise« meinte, und lachte klirrend. Ich hörte die Bitterkeit in diesem Lachen. Dann sprach sie: »Ja, ich könnte mich auch auf eine Bühne stellen und für all die Kerle frivole Lieder singen. Denn das tat ich, als Carl Miller mich zur Frau nahm, damit er was im Bett und im Store eine Verkäuferin hatte, der er keinen Lohn zu zahlen brauchte. Ja, das war vorher mein Leben. Ich könnte es wieder tun, singen, die Röcke heben und meine Beine zeigen. Weißt du, ich habe schöne Beine, sehr schöne. Die Kerle werden verrückt, wenn sie sie sehen.«

»Ja, du hast die schönsten Frauenbeine der Welt.« Ich grinste.

Dann aber fragte ich: »Was zahlst du an Miete für deinen Bratstand?«

Als ich verstummte, da wusste ich, warum vorhin die Bitterkeit in ihrem Lachen war.

»Ich zahle mich krumm und bucklig. Dies ist eine harte Stadt, und sie gehört vier harten Burschen.

Hier zahlen sie sich alle krumm und bucklig – alle! Ich muss erst ein halbes Hundert Essen verkaufen, bevor ich selbst Geld verdiene. Und auch an den Einkäufen verdienen sie gewaltig. In dieser Stadt leben nur Sklaven der vier Bosse.«

Ich nickte. »Ja, das sind vier harte Wölfe. Ich habe sie schon in Denver gesehen. Und sie haben hier alles in der Hand, nicht wahr?«

Sie nickte kauend. Dann sprach sie kauend: »Vielleicht werde ich doch bald wieder auf der Bühne stehen und frivole Lieder singen. Und wenn ich heute für zweihundert Dollar kein Rind kaufen kann, das mir ein Schlachter für zwanzig Dollar zerlegt, dann kann ich kein Fleischessen mehr anbieten. Verdammt, was ist das für eine Stadt!«

Sie erhob sich plötzlich und ging hinaus.

Ich aber frühstückte weiter und verspürte ein Bedauern.

Dennoch glaubte ich, dass sich Sally durchbeißen würde.

Mrs Stone kam herein. Offenbar hatte sie in der Küche unsere Unterhaltung gehört. Denn sie sagte bitter: »Auch ich konnte dieses Haus nur mieten. Fast alle Häuser in dieser Stadt sind nur gemietet.«

»Von den vier Harten, nicht wahr?« Ich fragte es ernst.

Mrs Stone nickte nur, räumte Sallys leeres Geschirr ab und verschwand wieder.

Und ich begann das ganze System der vier Harten zu begreifen. Es war ja so einfach. Sie besaßen die Sägemühle am Creek, bauten Häuser. Und wer in Canyon City ein Geschäft aufmachen wollte, der bekam alles für Miete hingestellt und erhielt erst dann die Konzession der Stadt.

Und was war mit den Minen und vielen Claims im Canyon, in dieser gewaltigen Gulch der vielen Gold- und Silberfunde?

Heiliger Rauch, dachte ich, dieser Canyon ist eine Riesenfalle. Und wer die Stadt beherrscht, der beherrscht auch den Canyon.

Das System war sehr einfach.

Und so würden die vier Harten sicher immer wieder nach Denver müssen, um weitere Minen auf ihre Namen umschreiben zu lassen.

Indes ich so einsam beim Frühstück hockte, wurde mir auch klar, dass dies alles von den vier Harten nicht allein beherrscht und unter Kontrolle gehalten werden konnte. Sie mussten eine Menge zuverlässiger Handlanger haben, eine ganze Mannschaft im Canyon verteilt. Sie selbst beherrschten nur die Stadt und lenkten von hier aus ihre Handlanger im Canyon.

9

Es war schon fast Mittag, als ich meinen Pinto aus dem Mietstall holte und aus der Stadt in den Canyon ritt, der sich mächtig vor mir auftat. Sie nannten ihn auch Gulch, was gewiss mit der am Anfang so engen und tiefen Schlucht zusammenhing.

Denn Gulch, dies bedeutete ja »tiefe Schlucht«.

Der mächtige Canyon – soweit ich sehen konnte – war voller Leben und Bewegung. Überall arbeiteten die Digger auf ihren Claims. Am Creek sah ich viele Waschanlagen, wo man das Gold aus dem Erdreich oder Sand heraus wusch.

Da und dort waren Schleppschlitten zum Creek unterwegs. Auf diesen Schleppschlitten befanden sich primitive Kästen, in denen das goldhaltige Erdreich transportiert wurde. Ich sah aber auch Erzmühlen, die von der Wasserkraft des Creeks angetrieben wurden.

Und in den Wänden des Canyons gab es die Stollenlöcher der Minen. Davor lagen die Halden. Und überall sah ich Hütten oder Zelte.

Der Canyon war zuvor gewiss ein wunderschönes Valley gewesen mit Wald, Wiesen, dem sich schlängelnden Creek, Felsengruppen, ein schmales und langes Tal also, sodass man es Canyon nannte.

Jetzt wurde es geschändet, verwüstet. Überall waren die Löcher der Claims, aufgehäufte Erdhügel, zogen sich kreuz und quer die Pfade und all die Spuren der Wagen und Schleppschlitten, standen die primitiven Unterkünfte der Digger.

So ordentlich die Stadt war mit ihren hellen und genormten Häusern, die man sich mieten musste, so unordentlich sah es im Canyon aus. Und so sah ich wieder einmal mehr, was Menschen anrichten konnten und wie wenig Respekt sie gegenüber der Natur und ihrer Erde besaßen, auf der sie lebten.

Und so konnte ich mir vorstellen, dass sie in tausend Jahren oder mehr alles zerstört und vernichtet haben würden auf ihrem Erdball.

Aber dann würde ich längst nicht mehr sein. Und das war in meinen Gedanken und bitteren Gefühlen ein Trost für mich.

Ich hatte lange angehalten und nur geschaut. Nun endlich ritt ich an.

Ich musste mich – um meine Anwesenheit in Canyon City und im Canyon erklärlich zu machen – nach einem Claim umsehen. Überdies hatte ich noch die Hoffnung, auf Reva zu treffen. Sie hatte mich ja gesehen und erkannt in der vergangenen Nacht in der Spielhalle, wusste also, dass ich endlich ebenfalls in Canyon City und somit in ihrer Nähe war.

Wir konnten uns nur außerhalb der kleinen Stadt treffen. Und so konnte ich vermuten, dass sie gewiss ausreiten würde.

Diese Ausritte waren ohnehin wichtig und notwendig für sie. Denn nach den langen Nächten beim Poker und in der rauchgeschwängerten Luft musste sie in frischer Luft auslüften, sich den Wind ums Gesicht wehen lassen, auch sich körperlich bewegen.

Und so waren Ausritte für sie notwendig und für alle Beobachter erklärlich.

Ich nahm mir Zeit, folgte dem Hauptweg am Creek entlang und hielt da und dort an, um die Digger zu beobachten.

Viele starrten böse zu mir herüber, ließen mich spüren oder erkennen, dass sie voller Misstrauen gegen jeden Reiter waren, der mit einem Revolver an der Seite umherritt und sie beobachtete.

Ja, es war Misstrauen im Canyon. Das spürte ich.

Doch ich wusste noch längst nicht, wie das hier alles lief in dieser großen Falle. Ja, der Canyon war eine Falle. Dies war mir jetzt schon klar.

Ich ritt etwa drei Meilen weit am Creek aufwärts. Dann bog ich nach links ab, denn dort an der aufsteigenden Wand waren viele Minenlöcher und gab es auch einige breite Risse oder enge Schluchtspalten. Als ich um ein Waldstück herumkam, sah ich viele Baumstümpfe und konnte mir ausrechnen, wann der schöne Wald gänzlich abgeholzt sein würde. Hinter dem Wald stieß ich auf eine Felsengruppe, die wie eine versteinerte Elefantenherde anmutete. Hier befand sich ein verlassener Claim, zu dem eine primitive Hütte gehörte.

Und ein alter Mann, der sich nur mühsam bewegte, war dabei, einen Maulesel zu beladen. Ich sah, dass der Alte hier fertig war und mit seinen wenigen Siebensachen wegwollte.

Er sah mich an, blinzelte wie ein alter Uhu und ließ ein meckerndes Lachen hören.

Dann sprach er böse mit einer Fistelstimme: »He, Junge mit deinem Colt, hier gibt es nichts zu holen. Ich bin fertig mit diesem Loch. Ihr könnt es haben. Jeder kann es haben, verdammt! Und überhaupt:

Gold ist nichts anderes als Bullshit der Erde. So sehe ich das jetzt.«

Er verstummte grimmig, und ich konnte den alten Nussknacker gut verstehen. Er hatte kein Glück und war wahrscheinlich zu alt für körperliche Arbeit.

Auf dem Claim war schon lange nicht mehr gearbeitet worden. Vielleicht hatte der Alte die letzten Tage und Nächte in der Hütte gelegen und sich von einer Krankheit oder einer Schwäche erholen müssen.

Jetzt fühlte er sich kräftig genug, um abhauen zu können.

Ich sagte: »Opa, ich bin erst gestern hier angekommen. Ist dieser Claim wirklich zu haben? Ist er registriert?«

Er grinste und zeigte Lücken zwischen braunen Zähnen.

Dann stieß er wieder sein heiseres Lachen aus und sprach: »Wenn man über das Loch einen langen Balken legt, dann könnten ihn ein Dutzend Scheißer als Donnerbalken benutzen und dieses verdammte Loch zuscheißen.«

O ja, er war kein feiner Mann, sondern recht drastisch in seiner Ausdrucksweise.

Aber er war ja auch arg verbittert.

Plötzlich wirkte er so, als hätte er einen Einfall bekommen.

Denn er sagte, indes er aus der Innentasche seiner groben Jacke ein Papier herausholte und in die Höhe hielt: »Das ist die Registrierbescheinigung mit der Claimnummer. Für zehn Dollar übereigne ich dir den Claim, mein Junge – für *zehn* Dollar, hihihi! Und vielleicht stößt du darin einen Fuß tiefer auf die Goldader, nach der ich grub!«

In seinen alten Augen war ein Ausdruck von Hoffnung, und ich wusste, dass zehn Dollar für ihn so groß waren wie zehn Wagenräder. Er war ein armer Hund nach einem erfolglosen Leben.

Und so sagte ich, indes ich absaß: »Opa, wir sind im Geschäft. Und wenn ich auf eine Goldader stoße, wohin soll ich dann deinen Anteil schicken?«

Wieder lachte er mit Fistelstimme das Hihihi.

Dann grollte er: »Wohin? In die Hölle, verdammt, in die Hölle! Aber auch dort wird es Teufel geben, die mir das Gold abnehmen.«

Ich holte zehn Dollar aus meiner Tasche und gab sie ihm, bekam den Registrierschein dafür von ihm.

Und wenig später war ich allein zwischen den Felsen. Ich hörte die Fistelstimme des Alten noch heiser rufen: »Der Junge ist ein Narr! Dieses Loch taugt nur was als Latrine, hihihi!«

Ich ging langsam in die kleine Hütte. Es war eine Zweighütte mit einer Lagerstelle und einem gemauerten Herd. Es gab einen primitiven Tisch und eine Sitzbank.

Hier hatte der Alte also gehaust und dann draußen im Claimloch gearbeitet.

Sollte ich hier einziehen und so leben wie er?

Doch das würde mich unverdächtig machen. Und meine Besuche in der Stadt würden jenen all der anderen Goldgräber gleichen, die am Tag hart arbeiteten und in der Stadt Zerstreuung suchten, all die Sünden der Menschen begingen in den Saloons und Hurenhäusern.

Ja, ich würde wie alle anderen Digger sein.

Langsam trat ich ins Freie und musste mich dabei tief bücken.

Und da sah ich Reva.

Sie saß noch im Sattel und sah zu mir her.

»Da bist du ja«, sagte ich ruhig.

Dann trat ich zu ihr ans Pferd und hob sie aus dem Sattel. Sie schlang sofort ihre Arme um meinen Nacken. Wir küssten uns lange, und es war ein wunderschönes Gefühl in mir, sie wieder in den Armen zu halten.

»Ich habe mich nach dir gesehnt«, flüsterte sie dann heiser.

»Ich habe soeben diesen Claim mit der Hütte für zehn Dollar gekauft«, sagte ich.

»Dann zeige mir deinen Palast!« Sie rief es fast jubelnd. Dann zog sie mich in die Hütte und dort auf die Lagerstatt. Die war primitiv und hart.

Aber wir merkten das nicht.

Es war dann sehr viel später, als wir sachlicher zu reden begannen.

Denn ich hatte gefragt: »Und wie steht es mit deinem Racheplan, Reva?«

Sie schwieg noch eine Weile. Ich hielt sie in meinem Arm. Die Lagerstätte war schmal. Wir mussten ganz eng beieinander liegen.

Endlich begann sie zu sprechen.

»Du hast ja gesehen, dass ich wieder am Spieltisch mit ihnen sitze, jedoch stets nur mit zweien von ihnen. Sie lösen sich jede Nacht als City Marshals ab.

Und ich habe ihnen gesagt, dass sie mich beim Poker nicht besiegen könnten, sondern ich ihnen die ganze Stadt abgewinnen würde. Und deshalb sollten sie besser untereinander um mich spielen. Ja, ich würde dann dem Sieger gehören wollen. Aber sie sind sich zu sehr als Partner und Gefährten ihrer Vergangenheit verbunden, um gegeneinander um mich zu spielen. Aber jeder von ihnen will mich haben, und jeder wird von Tag zu Tag und Nacht zu Nacht verrückter nach mir. Irgendwann werden sie sich so sehr als Nebenbuhler und Gegner fühlen, dass sie sich gegenseitig umbringen werden. Das schaffe ich schon.«

Sie verstummte mit einem triumphierenden Klang in der Stimme.

Ich aber wusste um ihre Macht als Frau. Ich spürte ihre Ausstrahlung ja ebenfalls. Diese Macht basierte nicht nur auf ihrer Schönheit. Nein, da war mehr. Sie besaß einen Zauber. Und so fühlte ich mich wie ein Ritter, der bereit war, für eine Königin alles zu tun. Aber hatten das nicht schon Große der Weltgeschichte getan?

Wir waren gewiss nicht Kleopatra und Cäsar, sondern sehr viel kleiner und für die Weltgeschichte völlig unwichtig. Doch was zwischen uns passierte, war nicht kleiner.

Sie löste sich aus meinem Arm, erhob sich und ordnete ihre Kleidung. Sie trug einen geteilten Reitrock aus Rehleder, eine Flanellbluse und eine Lederweste, dazu zierliche Reitstiefel ohne Sporen.

Als sie alles an sich in Ordnung gebracht hatte, verhielt sie noch an unserem Lager.

»Ich werde jeden Tag hierher kommen«, sprach sie auf mich nieder. »Du solltest diese jämmerliche Hütte zu einem – zu unserem – Liebesnest ausbauen.« Sie verstummte lachend, lockend und verheißungsvoll. Ja, das alles lag im Klang ihrer Stimme.

Sie ging hinaus. Ich hörte wie, sie aufsaß und davonritt.

Ich lag noch eine Weile da, die Hände unter dem Kopf.

O ja, ich war zufrieden mit mir und der Welt. Denn Reva wollte jeden Tag herkommen. Aber in der Nacht würde ich sie nur am Pokertisch sehen können.

Ich erhob mich endlich und trat aus der Hütte.

Da stand mein Pinto, witterte zu mir her und ließ ein seltsames Schnauben hören.

War es ein verächtliches Schnauben, ein verständnisvolles?

Ich saß auf und wusste, dass ich am nächsten Tag mit einem Wagen einige Dinge herbringen würde, um diese jämmerliche Hütte wohnlicher zu machen.

Ein Liebesnest wollte Reva haben. Nun, sie sollte es bekommen.

Sie beherrschte mich ja mit ihrem Zauber.

Ich saß auf und ritt zurück nach Canyon City.

Nach etwa einer Meile kamen zwei Reiter von rechts auf meinen Weg geritten. Sie erwarteten mich, versperrten mir also den Weg.

Als ich anhielt, starrten sie mich witternd an, und ich sah sofort, zu welcher Sorte sie gehörten. Ja, sie waren Revolverschwinger.

Einer fragte: »He, wer bist du denn?«

»Wer seid ihr denn?« So fragte ich zurück.

»Werd nur nicht frech!«, fauchte einer. »Wir kennen dich nicht. Du musst hier neu sein. Also, wer bist du und warum reitest du hier herum?«

»Ich habe einen Claim gekauft von einem alten Kauz«, erwiderte ich. »Und nun macht mir den Weg frei.«

Sie grinsten böse und schüttelten den Kopf.

»Du kannst um uns herumreiten.«

»Werde ich nicht, Jungs, werde ich nicht.«

Ich sagte es ganz ruhig, fast freundlich.

Dann aber ließ ich meinen Pinto anspringen, und ich wusste, dass ihm dies Freude bereitete, schnaubend zwischen den beiden Pferden hindurchzurammen wie ein angreifender Toro. Ich stieß dabei den Schrei eines angreifenden Pumas aus. Und so spielten die Pferde der beiden Revolverschwinger sofort verrückt.

Als ich meinen Pinto nach einem halben Dutzend Sprüngen zügelte und wendete, da sah ich die beiden stolzen Revolverschwinger noch am Boden liegen. Sie waren nach dem Abwerfen hart gelandet und schnappten nach Luft. Und ihre Pferde waren davongesprungen und wieherten in einiger Entfernung.

Ich wartete, bis die beiden wieder auf den Beinen standen. Ihre locker sitzenden Revolver waren ihnen aus den Holstern gerutscht und lagen am Boden.

Aber sie wagten es nicht, sich nach ihnen zu bücken. Denn nun wussten sie über mich Bescheid und unterschätzten mich nicht mehr.

Ich sprach freundlich: »Jungs, legt euch lieber nicht mit mir an.«

Dann zog ich meinen Wallach herum und ritt weiter nach Canyon City.

Und ich wusste, ich würde mir auch noch gegenüber anderen Burschen Respekt verschaffen müssen.

10

Drei Tage und drei Nächte vergingen. Und eigentlich lief alles wie geschmiert. Den ich hatte die armselige Hütte des alten Kauzes recht wohnlich ausgestattet durch Einkäufe in der Stadt und alles mit einem Wagen hinausgeschafft. Auch Werkzeug hatte ich erworben, denn das alte Zeug, was der Kauz – ich nannte ihn in meinen Gedanken so – zurückgelassen hatte, taugte nichts.

Und so kaufte ich eine Spitzhacke, einen Spaten, eine Schaufel, eine Rodehacke, ein Hammer und verschiedene Steinmeißel, dazu noch anderes Zeug.

Mein Geld nahm dabei rapide ab. Aber ich musste das alles haben, um nach Gold zu graben. Auch das Zimmer in der Stadt bei Mrs Clara Stone behielt ich, und eigentlich wusste ich nicht, warum ich das tat.

Oder wollte ich weiter mit Sally Miller unter einem Dach wohnen können? Ich wusste es nicht so genau. Denn eigentlich war ich doch der schönen Reva verfallen, so als wäre ich von ihr verhext worden.

Was wollte ich da von Sally?

Also, ich wusste es wirklich nicht. Aber vielleicht war ein Zimmer in der Stadt ganz praktisch, sollte Reva mich in der Nähe haben wollen oder wenn ich nach einer langen Nacht am Spieltisch nicht mehr die vier oder fünf Meilen bis zu meinem Claim reiten wollte.

Denn ich musste meinen Unterhalt am Spieltisch bestreiten. Und durch all meine Einkäufe war mein Spielkapital arg geschrumpft.

Dass ich auf meinem Claim Gold finden würde, daran verschwendete ich keinen Gedanken. Dieser Claim war gewiss eine taube Nuss – oder nur als Latrinenloch zu verwenden, wie der alte Kauz ja verächtlich und verbittert gesagt hatte.

Ich verbrachte die halben Nächte also in Canyon City und versuchte mein Glück beim Poker. Ich spielte mit Goldgräbern, Minenleuten, Frachtfahrern und Männern, die von jener unbestimmbaren Sorte waren, der man alles zutrauen konnte.

Aber eigentlich spielte ich nur um Hühnerfutter, denn mein Spielkapital war zu gering. Jeder große Spieler mit viel Geld hätte mich aus dem Spiel bluffen können, weil ich irgendwann keinen Einsatz mehr bringen konnte.

Und so war ich zufrieden, wenn ich nach einer halben Nacht ein paar Dollars gewonnen hatte.

In das separate Spielzimmer, wo die großen Spiele stattfanden, da durfte ich mit meinen paar Kröten nicht hinein. Um dort hineinzudürfen, musste man Chips für tausend Dollar vorzeigen.

Und so sah ich Reva Hattaway nur immer durch den offenen Zugang zum Spielraum der Großen. Sie saß stets auf demselben Platz und spielte abwechselnd mit zwei der vier Harten, wie ich die vier zweibeinigen Wölfe ja in meinen Gedanken nannte.

Doch inzwischen kannte ich auch ihre Namen.

Ihr Anführer war Jubal Kenzie. Nach ihm kam Pat Garretter. Und die beiden anderen hießen Jesse und Slim Taggert. Ja, sie waren Brüder.

Alle vier sahen beachtlich aus und wirkten schon allein durch ihr Aussehen hart.

Längst schon hatten sie sich auch gegenüber den anderen harten Kerlen Respekt verschafft. Und andere harte Burschen gab es reichlich in Canyon City und im großen Canyon.

Aber sie hatten all diese Wilden gezähmt.

Ich hatte ja auch in der ersten Nacht schon erlebt, wie zwei von ihnen – es waren die Taggert-Brüder – mit zwei sich schlagenden Minen-Mannschaften zurechtkamen und sie platt machten wie zwei Wölfe ein Rudel Pinscher. Ich konnte immer wieder von meinem Platz aus beobachten, dass Reva zumeist gewann. Sie war mehr als eine Lucky Queen, sie musste geradezu hellsichtig sein. Aber wie machte sie das? Ich glaubte nicht, dass sie Kartentricks anwandte, also eine Falschspielerin war, eine Zauberkünstlerin mit den Karten. Denn das hätten ihre erfahrenen Mitspieler längst herausgefunden.

Sie musste ein ganz besonderes Gespür dafür haben, ob jemand bluffte oder gute Karten hatte.

Als sie mich am vierten Tag wie immer am Nachmittag bei ihrem täglichen Ausritt besuchte und wir uns liebten, so als wären wir lange Zeit getrennt gewesen, da fragte ich sie, als wir danach entspannt nebeneinander lagen: »Reva, wie machst du das? Ich meine, wie bringst du es immer wieder fertig, gegen diese hartgesottenen Burschen zu gewinnen?«

Sie lachte leise, rollte sich halb über mich und stemmte sich etwas auf, um auf mich niedersehen zu können.

»Es gibt winzige Zeichen bei einem Mann zu lesen. Seine Mundwinkel, die Adern in seinem Hals, wie er die Karten hält, seinen kleinen Finger bewegt, seine

Nasenflügel vibrieren – aaah, es gibt viele Zeichen. Man muss sie nur erkennen und richtig werten. Und dazu kommt ein untrügliches Ahnungsgefühl. Jones, ich kann es nicht besser erklären.«

Sie ließ sich wieder zurückrollen, lag nun eine Weile still und eng neben mir.

Dann murmelte sie : »Ich habe ihnen schon gewaltig viel abgewonnen, und sie ertragen das kaum noch länger. Bald werden sie untereinander um mich spielen. Denn wenn sie weiter gegen mich spielen, verlieren sie Canyon City. Dann mache ich sie arm, und dann müssen sie wieder das tun, was sie früher taten, nämlich als Banditen reiten.«

Als sie verstummte, da fragte ich: »Und deine Spielgewinne? Wo bewahrst du sie auf? Wechselst du die Chips in Bargeld um?«

Sie lachte wieder. Ich spürte dabei ihren Körper. Er vibrierte vor wildem Triumph.

Dann sprach sie ruhig: »Ich habe draußen an meinem Pferd zwei Satteltaschen voller Geld mitgebracht. Es ist eine Riesenbeute für uns. Und ich lasse sie hier bei dir. Wo sonst könnte ich sie lassen?«

Als sie verstummte, da hörten wir draußen einen Reiter kommen und vor der Hütte anhalten, wo nebenan in einem kleinen Corral unsere Pferde standen.

Ich erhob mich, ordnete meine Kleidung und schwang mir den Revolvergurt mitsamt der Waffe im Holster um die Hüften.

Dann bückte ich mich aus der kleinen Hütte, die ich innen wahrhaftig zu einem kleinen Liebesnest gemacht hatte.

Der Reiter saß auf einem schwarzen Pferd und war auch selbst schwarz gekleidet. Nur an seinem Hut mit flacher Krone war ein Goldband.

Und sein Gesicht war bleich, so als wäre er ein Albino, also ein so genannter Weißling. Albinos haben zumeist auch Augen, deren Weiß rötlich schimmert.

Und so war es auch bei ihm.

Er starrte zu mir her und fragte: »Ist sie dort drinnen in der Hütte?«

Es war ein drohender Klang in seiner Stimme.

Meine Gedanken jagten sich nun, und so wurde mir klar, dass er den Auftrag hatte, herauszufinden, wohin Reva ihre Ausritte machte. Sie war ihm wahrscheinlich entkommen, dass er sie aus den Augen verlor. Und dann war er umhergeritten und hatte nach ihrem Pferd gesucht, vielleicht sogar in den Minenstollen.

Nun endlich hatte er das Pferd gefunden. Es war eine wunderschöne Fuchsstute mit einem weißen Stern auf der Stirn und vier weißen Strümpfen.

Ich sagte ruhig: »Mann, was geht Sie das an?«

»Mich nicht«, sagte er und grinste. »Ich sollte nur herausfinden, wohin sie reitet und ob sie sich im Canyon mit jemandem trifft. Und wenn sie dort drinnen ist, dann sind Sie wohl der Glückliche. Ist sie also in der Hütte, oder muss ich erst nachsehen?«

Er schwang sich plötzlich mit einer geschmeidigen Bewegung vom Pferd.

Seine silbernen Sporen klingelten. Nun sah ich, dass er zwei Revolver im Kreuzgurt trug, zwei Colts mit hellen Beingriffen.

Er war ein eitler Zweihandschütze.

Und gewiss hatten ihn die vier Harten hinter Reva hergeschickt – oder zumindest einer von ihnen.

Als er sich in Bewegung setzen wollte, sagte ich: »Bleib stehen!«

Er verhielt und fragte: »Und nun?«

»Ich kann dich nicht nach Canyon City zu deinen Auftaggebern zurückreiten lassen.«

Er begriff es sofort und wusste, dass ich mit ihm kämpfen wollte, und er verzog verächtlich sein bleiches Gesicht.

»Mann, ich bin Butch Lonnegan«, sagte er. »Willst du es wirklich gegen mich versuchen?«

»Ich muss«, erwiderte ich. »Haben dich die harten Vier hinter der Lady hergeschickt oder nur einer von ihnen?«

»Jubal Kenzie«, erwiderte er und zog.

Nein, er tändelte nicht länger herum. Er war ein Revolvermann und zauberte.

Doch darauf war ich vorbereitet. Ich schlug ihn glatt. Er bekam die Läufe seiner so kostbaren Waffen nicht einmal mehr richtig hoch und schoss vor meinen Füßen in den Boden.

Dann wurden ihm die Colts zu schwer. Er sank auf die Knie und fragte heiser: »Wer bist du eigentlich? Wie konnte mir das passieren?«

Aber ich brauchte ihm nicht mehr zu antworten. Er starb kniend.

Reva kam aus der Hütte und sagte: »Das ist Butch Lonnegan. Er arbeitet für Jubal Kenzie, und wahrscheinlich tötet er für die vier Hurensöhne, damit wieder mal ein ergiebiger Claim herrenlos wird.

Er ist ein Killer, kein Revolverritter. Ich wusste, dass er dir nicht gewachsen sein würde.«

Ich staunte sie an.

Aber dann hörten wir die Rufe von den Nachbarclaims, von denen der Nächste keine fünfzig Yards außerhalb der Felsengruppe entfernt war.

Und dann kamen auch schon meine Nachbarn, die ich natürlich inzwischen kennen gelernt hatte. Es waren vier. Sie waren bewaffnet mit Gewehren, und wahrscheinlich waren sie während des Krieges Soldaten gewesen.

Als sie mich mit Reva bei dem nun toten Revolvermann stehen sahen, kamen sie langsamer heran und verhielten. Ihre Blicke wanderten vom Toten zu Reva und zu mir.

Dann sprach einer, wobei er auf den Toten zeigte, der seine beiden Waffen noch in den Händen hielt, so als hätte er sie mit ins Jenseits nehmen wollen:

»Es hat ihn also schließlich auch erwischt. Aber das wird Ärger geben. Er ritt vorhin suchend herum. Wir alle wissen, dass er für die Canyon City Grund- und Bodenverwertungsgesellschaft arbeitet. Der hat hier im Canyon schon eine Menge Blut fließen lassen mit seinen beiden Colts.« Der Mann sah mich an und fragte: »War er nicht schnell genug? Wir hörten drei Schüsse, die wie ein langer Knall waren. War er nicht schnell genug?«

Ich deutete vor mir auf den Boden. Und dort konnte man sehen, wo die Vierundvierziger-Kugeln hineingefahren waren.

»Ja, er war nicht schnell genug«, erwiderte ich.

Nun staunten sie mich an, denn sie begriffen, dass

auch ich ein Revolvermann sein musste, denn nur ein solcher konnte ihn geschlagen haben.

Einen Moment wirkten sie ratlos. Einer kratzte sich hinterm Ohr, sprach dann zögernd: »Ja, das gibt Ärger. Er war ein verdammter Killer, ein Hurensohn von tausend Vätern. Er hat Shorty Wells und Bob Benteen auf dem Gewissen, die ihre Claims nicht an die verdammte Bodenverwertungsgesellschaft verkaufen wollten und es wagten, gegen ihn zu kämpfen. Was machen wir mit ihm?«

Ich hatte inzwischen nachgedacht und entschloss mich nun.

»Gewiss hat er seinen Rappen im Mietstall von Canyon City untergestellt«, sprach ich ruhig. »Also wird der Rappe mit ihm dorthin laufen, wo er Futter bekommt. Er wird den Toten nach Canyon City bringen. Wir müssen ihn nur quer über den Sattel legen und festbinden. Helft ihr mir?«

Sie nickten sofort bereitwillig, denn die ganze Sache erzeugte in ihnen eine grimmige Zufriedenheit. Schließlich hatten sie sich ja vor ihm gefürchtet.

Wir steckten Butch Lonnegan sogar seine Waffen in die Holster und sicherten diese mit den Riemchen, sodass die beiden so prächtigen Colts mit den hellen Beingriffen gewiss nicht herausrutschen konnten.

Nun jagten wir den Rappen davon. Er sauste wiehernd los und schlug die Richtung nach Canyon City ein.

Stumm verhielten wir voreinander und sahen uns an.

Einer fragte schließlich: »Nun gut, was versprechen Sie sich davon? Wir hätten ihn auch irgendwo verbuddeln können.«

Ich hob die Hand und wischte mir übers Gesicht. In mir war eine Menge Bitterkeit und Erleichterung zugleich, weil ich am Leben blieb. Er wollte mich erschießen und hatte es nicht geschafft. Doch ich musste ihn töten.

Aber die vier Nachbarn von mir warteten immer noch auf eine Antwort.

Und so erwiderte ich: »Der Rappe läuft mit dem Toten nach Canyon City. Und zu beiden Seiten des Weges sind viele Claims. Auch auf dem Weg selbst herrscht Verkehr. Ich denke, man wird den Toten sehen und allein schon an seinem schwarzen Pferd erkennen. Und so wird sich die Nachricht schnell im ganzen Canyon verbreiten und vielen Diggern Mut machen. Oder seht ihr das anders?«

Sie dachten nach und nickten schließlich. Einer murmelte: »Ja, er war gefürchtet wie ein Tiger.«

Er wandte sich an die drei anderen Claim-nachbarn. »Eines sollte uns Mut machen, Jungs. Wir sind mit unseren Gewehren hierher gelaufen, um nachzusehen, was geschehen war. Obwohl wir den Killer hier zwischen den Felsen verschwinden sahen, kamen wir her. Wir verhielten uns nicht blind und taub, sondern wie Nachbarn. Und so sollten wir es weiter halten – oder?«

Sie nickten und sahen mich an.

»Wollen wir also zusammenhalten, Nachbar?« Einer fragte es ernst.

Ich nickte.

11

Wenig später war ich mit Reva wieder allein. Sie wirkte erstaunlich kühl und beherrscht. Ich erinnerte mich wieder an ihre Worte, denn sie hatte ja gesagt, dass sie wusste, ich würde mit Butch Lonnegan fertig werden.

Und so fragte ich: »Du wusstest also, dass er dir folgte.«

Sie nickte. »Aber er verlor mich aus den Augen, weil er sich zu weit zurückhielt, um nicht aufzufallen. Ich hoffte, dass er nicht hierher kommen würde. Doch wenn, dann machte mir das keine Sorgen.«

Sie verstummte lächelnd, aber in ihren grünen Katzenaugen funkelte es.

Einen Moment lang wollte ich wütend werden, so richtig böse und biestig.

Doch ich beherrschte mich und fragte schließlich nur: »Reva, was für ein Spiel spielst du? Was hast du dir ausgedacht?«

Sie hob ihre geraden Schultern und ließ sie wieder sinken.

Dann sprach sie fast lässig: »Jones, wenn ich immer wieder herkommen soll – und das auch gerne will –, damit wir uns lieben können, dann musst du alle töten, die mir folgen, um herauszufinden, zu wem ich reite. Ich kam her, brachte dir den größten Teil meines bisherigen Spielgewinns. So sehr vertraue ich dir. Soll ich einige Tage nicht mehr kommen, weil man mir einen anderen Reiter nachschicken könnte?«

Sie fragte es herausfordernd.

Und nun funkelte es in ihren Augen noch stärker.

O verdammt, was machst du mit mir? Dies fragte ich mich jäh in meinen Gedanken.

Sie wartete nicht auf meine Antwort, sondern ging ihr Pferd aus dem kleinen Corral holen. Dort hingen noch die mit Geld gefüllten Satteltaschen am Sattelhorn.

Sie führte das Pferd heraus, nahm die Satteltaschen herunter und warf sie mir zu.

Dann saß sie auf. Und erst als sie im Sattel saß, fragte sie: »Nun, wie also willst du es haben? Kannst du dein Leben ohne mich noch schön finden?«

»Nein«, erwiderte ich und hielt die Satteltaschen mit beiden Unterarmen vor meiner Brust fest.

»Dann komme ich morgen wieder«, sprach sie fast wild und ritt davon.

Ich verharrte noch bewegungslos und sah ihr nach, ja, ich suchte mir sogar noch einen Standort zwischen den Felsen, von dem aus ich sie mit meinen Blicken möglichst lange verfolgen konnte.

Sie ritt stolz und leicht wie ein echtes Cowgirl. Ich hatte in einem Buch einmal etwas über Amazonen gelesen, über dieses asiatisches Frauenvolk, das auch vor Troja kämpfte. Jetzt dachte ich wieder an diese Geschichten. Doch dann fiel mir ein, dass man die Amazonen in Griechisch ja die Brustlosen nannte.

Aber Reva war nicht brustlos. Oho, sie hatte prächtige Brüste.

Und so war sie keine Amazone. Nein, ich wollte nicht auf unsere Liebesstunde in meiner Hütte verzichten. Denn ich hatte Reva wie eine süße Droge in meinem Blut.

Endlich begann ich wieder praktisch zu denken. Denn ich musste die Satteltaschen mit dem vielen Geld verstecken. In der Hütte konnte ich es nicht lassen, nicht einmal dort vergraben. Denn dort suchten die Goldwölfe zuerst.

Wieder vergingen einige Tage. Und es war alles wie immer. Zum Abendessen ritt ich in die Stadt, trieb mich ein wenig in den Saloons herum und saß etwa zwei Stunden vor Mitternacht beim Poker, konnte Reva im Nebenraum beobachten, zu dem ich noch keinen Zutritt hatte, weil ich nicht genügend Spielkapital vorweisen konnte.

Gewiss, ich hätte mir Geld aus Revas Satteltaschen holen können, doch die hatte ich zu gut und zu tief in einer Felsspalte verborgen, die ich mit Steinen und Moos zustopfte.

Überdies wusste ich längst, dass man mich beobachtete. Hier wurden alle Männer, denen man ansah, dass sie über dem Durchschnitt standen, beobachtet. Und ich sah ja wirklich beachtlich aus.

Aber ich gewann ja auch stetig. Es waren keine größeren Summen, niemals mehr als vierzig Dollar in einer Nacht, die ja für mich eigentlich nur eine halbe Nacht war.

Irgendwann würde ich über tausend Dollar verfügen.

Reva kam jeden Tag zu mir. Es hatte sich nichts geändert, und ich hätte mir nicht einmal im

Traum vorstellen können, was noch alles passieren würde.

Doch am vierten Tag nach meinem Revolverkampf mit Butch Lonnegan, da kam Reva sehr triumphierend wirkend zu unserer Liebesstunde in die kleine Hütte zwischen den Felsen, die uns so gut vor neugierigen Blicken verbargen.

Als ich sie vom Pferd hob und in den Armen hielt, wobei ihre Füße nicht den Boden berührten, da küssten wir uns zuerst lange.

Doch dann, als sie fest auf dem Boden stand, da sagte sie: »Jetzt spielen sie um mich. Ich habe sie endlich so weit. Sie haben eingesehen, dass sie mit den Karten gegen mich nur Verlierer sind. Jetzt spielen sie um mich. Und ich musste ihnen schwören, dass ich dem Sieger gehören werde ganz und gar.«

Sie hatte zuletzt ein klirrendes Lachen in der Kehle.

Irgendwie verspürte ich ein warnendes Gefühl meines Instinktes. Ja, es war etwas wie die Ahnung von etwas Ungutem, das auf mich zugekrochen kam.

Doch ich wischte sie in meinen Gedanken beiseite.

Denn Reva war wieder bei mir.

Später fragte ich sie: »Einer wird dich also gewinnen. Und dann?«

Sie lachte wieder leise ihr jetzt wieder metallisch klingendes Lachen.

Dann sprach sie: »Ich werde mit ihm hierher kommen. Ja, wir werden ausreiten, und ich bringe ihn her. Und hier werde ich ihm sagen, dass ich dir gehöre. Dann wirst du mit ihm kämpfen müssen – oder?«

Wieder lachte sie leise, so als hätte sie einen Scherz gemacht, sprach dann aber weiter und hatte immer noch dieses seltsame Lachen in der Kehle. »Ich kann aber auch einem der drei Verlierer sagen, dass ich den Gewinner nicht liebe, sondern ihn, also jenen, zu dem ich spreche und dem ich mich anvertraue.«

Als sie verstummte, da murmelte ich: »Reva, du bist eine teuflische Hexe. Das ist ein böser Plan.«

»Richtig«, erwiderte sie. »Denn ich saß damals im Versteck und hörte meine Mutter flehen und betteln. Sie wollte nicht sterben, weil sie ja wusste, dass ich noch lebte und in meinem Versteck weinte, betete, vor Angst fast von Sinnen war. Ja, was diese vier Mörder betrifft, die sich hier als die großen Bosse fühlen wie Könige in ihrem Reich, da bin ich eine teuflische Rachehexe. Doch du weißt zu gut, dass ich von ganzem Herzen lieben kann. Ich lasse es dich immer wieder spüren. Aber ich habe ein Recht auf Rache. Basta!«

Nach diesen zuletzt harten Worten löste sie sich von mir, erhob sich, ordnete ihre Kleidung wie schon so oft nach unserem Beisammensein und verhielt noch einige Sekunden lang.

»Wir werden sehen«, flüsterte sie. »Und vergiss nie, dass ich dich wirklich mit dem Herzen liebe und dich nicht als mein Werkzeug betrachte. Aber wenn du mich liebst, dann habe ich auch einen Anspruch auf deine Hilfe, ganz gleich, was da kommen wird.«

Sie ging hinaus.

Diesmal folgte ich ihr nicht, sondern blieb liegen, versuchte meine Gedanken und Gefühle zu ordnen.

Und immer noch nicht konnte ich auch nur ahnen, was für eine große Überraschung mir bevorstand.

Es begann am nächsten Tag und kam ganz unerwartet.

Denn zum Schein arbeitete ich ja jeden Tag einige Stunden wie ein Goldgräber. Nur so konnte ich immer wieder unverdächtig in Canyon City auftauchen und um ein paar Dollar spielen, mir Drinks kaufen und zu Abend essen.

Und all die vielen Tage war ich Sally Miller und deren Bratstand aus dem Weg gegangen, hatte sie gemieden, auch mein Zimmer nicht aufgesucht, jedoch im Voraus für zwei Wochen bezahlt, was Mrs Stone sehr recht war, hatte sie doch weniger Arbeit durch mich.

Was an diesem Morgen zwischen den Felsen geschah, das konnte nur einer Laune des Schicksals entsprungen sein.

Ich hatte all die Tage, die ich auf dem Claim verbrachte, darüber nachgedacht, was den alten Kauz, der doch ein erfahrener Goldgräber war, veranlasst hatte, ausgerechnet an dieser Stelle seinen Claim abzustecken.

Er musste sich dabei etwas gedacht haben.

Er hatte ein langes Loch gegraben, etwa zwei Fuß tief, zehn Fuß breit und zwei Dutzend Yards lang.

An diesem Vormittag, als ich im Loch die Spitzhacke in den Boden schlug, die Erde lockerte und dann mit der Schaufel herauswarf, da begann ich es zu begreifen.

113

Denn ich stieß plötzlich auf eine Kiesschicht.

Und so hielt ich erst einmal inne und überlegte, erinnerte mich an alles, was ich über die Gold- und Silbersuche gehört hatte.

Es gab Goldadern, die wie erstarrte Blitze mit vielen Verästelungen im Boden lagen. Einst war das Gold flüssig. Doch dann, als unsere Mutter Erde erkaltete, da erstarrte auch das flüssige Gold.

Es gab aber auch goldhaltiges Erdreich, und weil diese feinen Goldkörnchen schwerer waren, konnte man sie herauswaschen und fand manchmal zwischen ihnen erbsengroße Nuggets.

Es gab aber auch noch eine dritte Art, Gold zu finden.

Man musste in den alten Creeks suchen. Denn in sie wurde in den Jahrtausenden Gold gespült, blieb zwischen den Kieseln hängen – und manchmal sammelte es sich in so genannten Taschen, die wie goldene Nester waren.

Ich begriff, dass hier einmal ein Creek in den Canyon gestürzt war, dann aber oben verschüttet oder umgeleitet worden war und sich einen anderen Weg gesucht hatte.

Doch zuvor war er vielleicht viele tausend Jahre hier zwischen den Felsen durchgeflossen.

Der alte Goldgräber hatte das gewittert.

Doch er war körperlich nicht mehr fähig zu harter Erdarbeit gewesen. Und vielleicht hatte er auch nicht mehr daran geglaubt, doch noch auf ein altes Creekbett unter der Erdoberfläche zu stoßen, auf ein Bett von Sand und Kieseln, so wie es alle Creeks zumeist haben.

Als mir das alles klar wurde, verharrte ich noch eine Weile und kratzte mich am Kopf. Dann schaufelte ich weiter, warf das Erdreich aus dem langen Loch und legte immer mehr von der Sand- und Kiesschicht frei, zwischen der auch größere Geröllsteine lagen.

Und immer, wenn ich innehielt, um zu verschnaufen, da überlegte ich, ob dies alles überhaupt einen Sinn hatte.

Dann aber – es war längst schon Mittag – fand ich das Nest mit den Goldeiern.

Ich hatte noch niemals eine so genannte »Goldtasche« gesehen, doch als ich sie zu meinen Füßen sah, da wusste ich Bescheid.

Ja, das waren Nuggets. Sie hatten sich vor einem langen Stein angesammelt. Ich bückte mich und nahm einige in die Hand.

O ja, sie waren schwer. Also war es Gold.

Mir tat der alte Goldgräber Leid. Ja, ich dachte in diesem Moment an ihn mit einem Gefühl des Bedauerns. Er hatte mir für zehn Dollar den Claim verkauft, weil er die schwere Arbeit nicht mehr verrichten konnte und den Glauben an einen Fund verloren hatte. Aber so ist das manchmal im Leben. Manchen fliegt das Glück nur so zu, andere kommen auf keinen grünen Zweig, wie man so treffend sagt.

Ich nahm den Hut ab und füllte ihn mit Gold.

Dann ging ich in meine Hütte, setzte mich an den kleinen Tisch und goss mir einen Drink ein.

Was sollte ich nun tun? Vielleicht lag noch mehr Gold im Kiesbett des verschütteten Creeks. Seit grauer Vorzeit musste es dort gelegen haben. Humusboden war darüber zu Erde geworden. Doch der Alte hatte es gewittert. Aber es war zu spät für ihn gewesen.

Ich erhob mich und trat hinaus. Es gab nicht weit entfernt eine Wasserstelle. Ich ging hin, machte meinen Oberkörper frei und wusch mich gründlich.

Denn bald würde Reva kommen. Ich wollte nicht nach Schweiß stinken. Denn Reva roch oder duftete wunderbar.

Und die ganze Zeit stand das Gold im Hut auf dem Tisch.

Ich kam auf dem Wege zur Wasserstelle an zwei der Nachbarclaims vorbei. Die Männer dort winkten mir zu.

Einer rief: »Hoiii, Nachbar, noch keine Goldaber gefunden?«

Ich schüttelte den Kopf und winkte ab.

Sollte ich ihm sagen, dass ich keine Ader, sondern eine Goldtasche gefunden hatte? So gut kannten wir uns noch nicht.

Und wenn es um Gold ging, dann wurden die Menschen oft genug unberechenbar.

Am Nachmittag kam Reva. Ich wusste, sie ritt erst an der Felsengruppe vorbei und kehrte dann in deren Deckung zurück.

Und zuerst war es wie immer. Ja, wir waren irgendwie verrückt nach uns. Es gehörte zu unserem Leben. Wir brauchten uns.

Aber später dann, als wir ausruhend nebeneinander lagen, da sagte sie: »Es sieht so aus, als würde Pat Garretter mich gewinnen. Sie hatten sich auf zehntausend Dollar Spielkapital für jeden geeinigt. Die anderen haben inzwischen fast alles verloren. Weil nach jedem Spielschluss genau gezählt wurde, weiß ich, dass Kenzie nur noch siebenhundert Dollar einsetzen kann, Jesse Taggert fünfzehnhundert – und sein Bruder Slim siebzehnhundert. Es könnte in dieser Nacht zu einer Entscheidung kommen.«

Sie verstummte mit einem klirrenden Klang in der Stimme.

»Und dann?« So fragte ich.

»Ich weiß es nicht«, flüsterte sie. »Wahrscheinlich werde ich Pat Garretter sagen, dass ich gehofft hatte, Jubal Kenzie würde mich gewinnen, weil er der Mann ist, den ich den anderen vorziehe. Und als Frau stünde mir ja das Recht zu, meine Meinung zu ändern.«

Sie machte eine Pause und murmelte dann: »Vielleicht werden sich Garretter und Kenzie dann zu hassen beginnen. Und vielleicht werde ich mich vor Garretter fürchten müssen. Jones, ich habe mir das alles leichter vorgestellt.«

Ja, so war es wohl. Garretter musste sich betrogen vorkommen.

Es war ein verrücktes Spiel der Rache, das Reva angefangen hatte.

Ich murmelte: »Reva, treibst du auch ein Spiel mit mir?«

Aber sie gab mir keine Antwort, sondern löste sich von mir, erhob sich, ging hinaus. Und draußen hörte ich sie scharf rufen: »Jones, komm heraus!«

Es war ein Klang in ihrer Stimme, der mich alarmierte.

Und so schwang ich den Revolvergurt um die Hüfte, bevor ich aus der Hütte ins Freie trat.

Pat Garretter stand dort und schlug Reva klatschend ins Gesicht, sodass sie fiel und über den Boden rollte.

Als Garretter mich sah, verhielt er in seinen Bewegungen.

»Sie taugt nichts«, sprach er heiser. »Sie führt alle Männer an der Nase herum und betrügt sie wie eine läufige Hündin. Wir werden sie in Canyon City in eines unserer Bordells stecken. Und du bist jetzt gleich tot!«

Als er geendet hatte, zog er seinen Revolver.

Aber auch er war nicht schnell genug für mich. Meine Kugel traf ihn in die Herzgegend. Und seine riss mir nur das Hemd an der Schulter auf. Ich spürte sie wie einen Peitschenhieb.

12

Reva erhob sich und verharrte schwankend, hielt sich beide Wangen, wo die brettharten Hände Garretters sie klatschend getroffen hatten.

»So haben sie damals meine Mutter geschlagen«, sprach sie schrill. »Sie sollte ihnen das Versteck unserer Wertsachen verraten. Doch das konnte sie nicht, weil ihre kleine Tochter ebenfalls dort verborgen war. Ja, so haben sie auch meine Mutter damals geschlagen! Gut, dass er tot ist, gut!«

Sie wirkte in ihrem zornigen Hass wie von Sinnen.

Dann kam sie in meine Arme, klammerte sich an mich und flüsterte heiß an meinem Ohr: »Nur gut, Jones, dass es dich gibt. Man muss mir nachspioniert haben, und so wusste er, wohin ich ritt.«

Ich strich ihr über den Kopf. Ihr Haar schimmerte rabenschwarz in der Sonne.

Dann sagte ich: »Geh in die Hütte. In der Kanne ist Wasser. Du musst deine Wangen kühlen. Sonst schwellen sie an. Geh schon, Reva.«

Sie gehorchte sofort.

Ich aber trat zu Garretter und blickte auf ihn nieder.

Meine Gedanken und Gefühle jagten sich.

Wieder einmal hatte ich gekämpft und getötet, hatte keine andere Wahl gehabt, wollte ich selbst am Leben bleiben.

Garretters Pferd stand in der Nähe. Es war ein grauer Wallach.

Sollte ich ihn ebenfalls, so wie Butch Lonnegan,

quer über seinem Pferd festgebunden nach Canyon City schicken?

Ich hörte meine Nachbarn kommen. Einer rief: »Hoiii, O'Hara, was ist geschehen? Warum wurde geschossen?«

Und dann kamen sie wieder mit ihren Gewehren zwischen die hohen Felsklötze, die meinen Claim und die Hütte umgaben.

Sie verhielten rechts und links neben mir und starrten auf Garretter nieder.

»O weia«, stöhnte einer. »Den kennen wir. Das ist einer der vier Bosse von Canyon City. Ist es wegen der schönen Frau geschehen, die dich stets am Nachmittag besucht? Wir wissen das längst.«

Ich nickte nur stumm.

Dann sprach ein anderer meiner Nachbarn: »Um Frauen wurde schon immer gekämpft seit Bestehen der Menschheit, sogar Kriege wurden wegen Frauen geführt. Und dieser Bursche da war wohl längst schon fällig. Er und die anderen drei haben eine Menge auf ihrem Gewissen und beherrschen die ganze Gulch mit Hilfe ihrer wilden Horde. Das wirst auch du vielleicht noch zu spüren bekommen, wenn du Gold auf deinem Claim finden solltest. Und diese Schöne bei dir dort drinnen in der Hütte, die war naiv. Die konnte nicht darauf vertrauen, dass man nicht herausfinden würde, wohin sie stets ritt. Das war dumm. Es hat sich nämlich überall herumgesprochen, dass die vier Harten um sie spielen. Was machen wir jetzt mit ihm?«

Er deutete bei seinen letzten Worten auf den Toten.

Sein Nachbar aber sprach böse: »Schicken wir ihn wie Butch Lonnegan nach Canyon City. Dann werden seine drei Partner gewiss nervös und begreifen vielleicht, dass es auch sie erwischen kann, wenn sie uns mit ihrem Monopol auf alles zu sehr bedrängen und die Haut abziehen. Wollen wir?«

Er blickte mich fragend an.

Ich nickte stumm.

Und da taten wir es abermals so wie mit Butch Lonnegan.

Wir legten den Toten quer über den Sattel, banden ihn auf dem Pferd fest und jagten es in Richtung Canyon City davon.

Dann standen wir da und sahen uns an. Es waren vier vernünftige Männer, die im Krieg gewesen waren und daheim Familien hatten auf kleinen Farmen. Und so waren sie eines Tages losgezogen, um nach Gold zu suchen, damit es ihren Familien besser ging und sie auch ihre Schulden loswürden.

Einer sagte: »O'Hara, wir sind uns darüber klar, dass du kein Goldsucher bist wie wir. Du bist ein Revolvermann. Aber warum sucht ein Revolvermann hier nach Gold und reitet jeden Abend nach Canyon City? Für uns sieht es so aus, als hättest du dich nur als Goldsucher getarnt und würdest ein ganz anderes Spiel treiben. Gehört die Schöne mit in dieses Spiel? Wir wissen, dass man sie Lucky Queen nennt und sie beim Poker nicht zu schlagen ist. Das alles hat sich längst herumgesprochen. Es gibt viele Vermutungen und Gerüchte. Wir sind deine Nachbarn, und immer dann, wenn hier Schüsse krachten, kamen wir dir mit unseren Gewehren zu Hilfe –

wollten dies zumindest. Vielleicht solltest du uns mal sagen, um was es hier geht.«

Als der Mann verstummte, da nickten die anderen.

Aber bevor ich etwas erwidert konnte, da trat Reva aus der Hütte.

Sie hatte drinnen alles gehört.

Ihre Wangen brannten noch, waren rot. Aber es würde nicht schlimmer werden mit ihrem Gesicht, denn sie hatte es mit einem nassen Handtuch gekühlt.

Sie sah die Männer an und sagte: »Ja, es handelt sich um eine Rache, Gentlemen.«

Und dann erzählte sie ihnen, was sie mir damals erzählt hatte. Sie schloss mit den Worten: »Jetzt ist einer von ihnen tot. Er hatte nichts anderes verdient.«

Nach diesen Worten ging sie in den Corral, holte ihr Pferd heraus, saß auf und ritt davon. Nein, heute gab es keinen Abschiedskuss für mich im Beisein der vier Nachbarn. Wir sahen ihr schweigend nach.

Dann sprach einer der vier Nachbarn gedehnt: »Könnte es sein, Jones O'Hara, dass sie dich für ihre Rache gekauft hat mit ihrer Schönheit?«

Sie gingen davon und ließen mich nachdenklich zurück.

Und so fragte ich mich, ob Reva Garretter absichtlich hinter sich her und bis zu mir gelockt hatte. In mir war plötzlich das erste Gefühl eines Misstrauens. Aber dann schob ich es in meinen Gedanken beiseite. Aber vielleicht würde es wiederkommen.

Meine vier Nachbarn waren im Leben erfahrene Männer, die daheim Familien hatten.

Vielleicht hatte Reva sie nicht verzaubern können

mit ihrer Schönheit und Ausstrahlung, sodass sie von ihnen mit anderen Augen gesehen wurde.

Ich verharrte noch eine Weile, dachte nach und trat schließlich an den Rand der langen Grube, blickte auf das Stück Kiesbett nieder, das ich freigelegt hatte bis zur Goldtasche.

Es war erst später Nachmittag. Ich konnte noch zwei oder drei Stunden arbeiten.

Und so sprang ich wieder hinunter, begann zu hacken und das gelockerte Erdreich hinauszuschaufeln. Ein seltsames Gefühl hatte mich erfasst.

War es das Goldfieber? Begann es auch mich zu ergreifen? Aber das durfte nicht sein. Ich musste wegen Reva klaren Kopf behalten. Denn noch hatte sie mein Versprechen, dass ich sie beschützen würde.

Nun, ich arbeitete noch fast zwei Stunden hart und begann wieder zu schwitzen. Es war ja Spätsommer geworden, der schon eine Woche später in den so genannten »Indianersommer« übergehen würde, der dann bald in prächtigen Farben prangte.

Ich wollte schon aufhören und warf das letzte Erdreich hinaus.

Dann aber sah ich zu meinen Füßen die zweite Goldtasche.

»Heiliger Rauch!« Ich sprach es feierlich. Denn ich wusste nun, dass in diesem Kiesbett, das im Verlauf von Jahrhunderten vom Humusboden zugedeckt wurde, noch mehr solcher Goldtaschen sein würden.

Jener Creek, der vor Jahrtausenden von oben den Steilhang herunter kam, der hatte von irgendwo viel Gold aus einer Ader gebrochen und in kleinen Nuggets mitgenommen.

Ich versuchte mir das vorzustellen. Und da wurde mir klar, dass man dieses alte verlorene Creekbett vielleicht noch mehr als hundert Yards freilegen konnte und dann immer wieder auf weitere Goldtaschen stoßen würde.

Ja, das konnte sein. Dies wurde mir auch als Laien klar.

Ich sammelte die Nuggets auf dem Schaufelblatt ein, und als ich damit in meine Hütte trat, da stand immer noch mein Hut auf dem Tisch, dessen Krone mit den Nuggets des ersten Goldnestes gefüllt war.

Reva hätte nur hineinsehen müssen wie in einen Topf, um die Nuggets darin zu sehen. Doch sie hatte es nicht getan. Für sie war das nur mein Hut, der mit der Öffnung nach oben auf dem Tisch lag.

Wir hatten uns geliebt und um nichts anderes gekümmert.

Und dann war Pat Garretter draußen gewesen.

Ich setzte mich auf die Bank und begann nachzudenken. Da im Hut waren für einige tausend Dollar in Gold. Mein Claim war also eine Goldgrube.

Ich würde bald um sie kämpfen müssen gegen die wilde Horde der Goldwölfe, hinter denen die vier Harten standen.

Aber sie waren ja nicht mehr vier, nur noch drei.

Und noch etwas wurde mir bewusst: Ich konnte mein Gold in der Spielhalle in Chips einwechseln und würde Zutritt zum separaten Spielraum der großen Spiele bekommen, wo es nicht nur um ein paar Dollar ging und die vier Harten um Reva spielten in den letzten Nächten.

Ich dachte auch an meine vier Nachbarn. Das alte Kiesbett des verlorenen Creeks konnte durchaus auch über ihre Claims führen, nur sehr viel tiefer als bei mir. Denn hier zwischen den Felsen hatte sich in den Jahrhunderten nicht so viel Humusboden entwickelt. Die Winde vermochten nicht so viel Blätter, Gras, Staub und anderes Zeug hereinzuwehen.

Und so fragte ich mich, ob ich meinen Nachbarn das große Glück zeigen sollte.

Da alte Creekbett war keine Goldader, der man vom Entdeckerclaim aus auch auf andere Claims folgen konnte nach dem alten Gesetz der Goldfundgebiete.

Ich entschloss mich plötzlich aus einem Instinkt heraus, nahm meinen Revolver und schoss dreimal in die Luft.

Und da kamen sie auch schon gelaufen mit ihren Gewehren.

Ich kannte inzwischen auch ihre Namen. Sie hießen Hank Lane, Tom Kirny, Arch Parker und Puck Henderson.

Als sie schnaufend vor mir verhielten und Henderson fragte: »Was ist denn jetzt schon wieder?«, da grinste ich sie an und erwiderte: »Heute ist euer Glückstag.«

Ich führte sie zur langen Grube, wo ich etwa vier Yards altes Creekbett freigelegt hatte, wodurch die Grube etwa vier Fuß tief geworden war. Ich erklärte ihnen alles und schloss mit den Worten: »Das Gefälle geht in Richtung eurer Claims. Wahrscheinlich müsst ihr tiefer graben als ich, vielleicht tiefer als sechs Fuß. Aber die Chance ist da. Wir müssten von meinem Claim aus dem alten Bett folgen, und was außerhalb meines Claims ist, gehört euch.«

Als ich dies gesagt hatte, da staunten sie mich an. Puck Henderson murmelte schließlich: »Jones O'Hara, ich glaube, du bist trotz deines schnellen Colts ein fairer Bursche geblieben. Aber dir ist doch klar, dass wir es früher oder später mit den Gold-wölfen zu tun bekommen werden. Die wittern oder bekommen es stets irgendwie heraus, wenn jemand fündig wurde. Dann hat man hier im Canyon nur zwei Möglichkeiten. Man muss den Claim an die Bodenverwertungsgesellschaft verkaufen oder bekommt bösen Besuch. Man kann sich auch nicht mit der Ausbeute aus dem Canyon schleichen, denn man muss durch Canyon City und über den Creek. Niemand kommt da durch mit mehr als zehn Unzen Gold.«

Ich nickte. »Also müssen wir kämpfen, wenn sie uns angreifen. Doch die Verbitterung im Canyon muss gewaltig sein, denke ich.«

Sie dachten über meine letzten Worte nach und begriffen, auf was ich anspielte.

Arch Parker murmelte: »Es hat schon einige Male Männer im Canyon gegeben, die sich zum Anführer machen wollten von Rebellen gegen die Bodenver-wertungsgesellschaft und deren Revolverschwinger. Aber sie wurden abgeschossen aus großer Entfer-nung mit weit reichenden Buffalo Sharps. Aber wir wären von Anfang an schon fünf. Und es wird sich im ganzen Canyon herumsprechen wie ein Lauf-feuer, dass nach dem berüchtigten Revolvermann Butch Lonnegan nun auch Pat Garretter als Toter quer über seinem Pferd nach Canyon City zurückkam. Das wird vielen von denen, die wie wir in einer großen Falle sitzen, Hoffnung machen. Jones, wir sind mit dabei.«

13

Als die Dämmerung kam und in der einsetzenden Nacht bald überall die Feuer und Lichter im mächtigen Canyon erfolglos gegen das Licht der Sterne anzukämpfen versuchten – denn all diese Feuer und Lichter wirkten schmutzig gegen das Sternenlicht am Himmel –, da ritt ich wieder nach Canyon City.

Und in meinen Taschen hatte ich eine Menge Gold. Es war nicht alles, was ich gefunden hatte, doch gewiss Gold für mehr als tausend Dollar.

Es nahm nicht viel Platz ein, doch es wog schwer.

Diesmal ritt ich nicht an Sally Millers Bratstand vorbei, sondern stellte meinen Pinto in der Nähe ab und trat wenig später an ihre Theke.

Sie war mit ihrem Chinajungen eifrig bei der Arbeit, und sie roch gewiss nicht so wunderbar wie Reva, sondern nach Braten und all den anderen Dingen, die sie zubereiteten. Auch ihr Gesicht war verschwitzt. Ihr Haar war unter einem Tuch verborgen.

Ich wartete geduldig, bis sie zu mir trat. Ich stand etwas abseits am Ende der Theke.

»Nanu«, sprach sie, »hast du dich nach hier verirrt? Warum bist du heute nicht vorbeigeritten wie ein Hühnerdieb? Was soll's denn sein? Ich habe Hammelbraten, aber auch Stew mit Büffelfleisch.«

»Hammelbraten«, verlangte ich. Dann aber fragte ich, bevor sie sich abwenden konnte: »Sally, was musst du an Standmiete zahlen? Musst du immer noch erst mal fünfzig Essen verkaufen, bis du Gewinn machen kannst?«

Sie schüttelte den Kopf. »Nein, jetzt zahle ich mehr. Sie haben die Standpacht erhöht, weil mein offener Laden zu gut geht. Aber was kümmert es dich?«

Ich grinste, griff in die Tasche und holte eine Hand voll Nuggets heraus, beugte mich über die schmale Theke und warf die Dinger in ihre Schürzentasche.

Sie begriff sofort, dass es keine Steine waren. Denn Gold wog schwerer.

Und so wurden ihre Augen groß. Dennoch fühlte sie in die Tasche hinein und war sich nun sicher.

»Zeige das nur keinem hier in Canyon City und anderswo im Canyon!« Sie stieß es mit besorgter Stimme hervor. Und das sagte mir, dass sie immer noch was für mich empfand. Dann aber bekam sie sich wieder unter Kontrolle und fauchte fast biestig: »Vielleicht sollte ich das Geschenk gar nicht annehmen.«

»Doch«, erwiderte ich ernst. »Sie beuten dich aus wie alle Menschen in dieser Falle. Und du arbeitest hart. Ich respektiere dich sehr. Aber vielleicht werden sich einige Dinge bald ändern.«

Wieder wurden ihre Augen groß. Sie flüsterte: »Heute kam wieder ein toter Mann quer über seinem Pferd zurück nach Canyon City. Hast du etwas damit zu tun?«

Ich musste ihr nicht antworten. Denn ungeduldige Stimmen riefen, dass sie Bedienung haben wollten. Und so verließ sie mich schnell.

Wenig später brachte sie mir den Hammelbraten auf einem großen Blechteller. Aber auch jetzt konnte sie sich nicht lange bei mir aufhalten, denn die anderen Gäste wollten bedient werden. So musste ich mich nicht mit ihr streiten, weil sie vor lauter Stolz die Hand voll Nuggets gewiss nicht annehmen wollte.

Ja, sie war eine stolze Frau, die sich jetzt und hier inmitten einer unheilen Welt zu behaupten versuchte.

Indes ich meinen Hunger stillte, beobachtete ich sie. Sie war flink. All ihre Bewegungen ließen Selbstsicherheit erkennen. Sie war eine hübsche, tüchtige Frau. Und der Chinajunge half ihr willig, so als machte ihm das Freude.

Sie arbeiteten hart, wechselten sich beim Bedienen und am Ofen immer wieder ab. Sie waren ein eingespieltes Paar, das mit perfekter Routine arbeitete. Als ich den Teller leer hatte, schlich ich mich davon, denn ein ungeduldiger Gast wartete schon auf den von mir freigemachten Standplatz an der Theke.

Schon nach wenigen Schritten war ich mit meinen Gedanken bei Reva und den Problemen, die in der Spielhalle auf mich warteten.

Denn ich würde mit meinem Gold für mehr als tausend Dollar Spielchips kaufen.

Und von dem Moment an, da sie mein Gold als Zahlmittel annahmen und auf die Goldwaage legten, war ich für sie kein unwichtiger Schürfer mehr, keiner von denen, die aus Erde und Sand am Creek für ein paar Dollars Gold herauswuschen und so mit einiger Mühe ihren Lebensunterhalt bestritten.

Nein, bei mir war es anders. Ich musste – um Chips zu bekommen – mit Nuggets zahlen. Diese Nuggets waren rund geschliffen wie Kiesel. Jeder einigermaßen Kundige wusste, das sie aus einem

Creek stammten, in den sie vor Urzeiten von einer Goldader gelangten.

Von nun an stand ich auf ihrer Liste. Das war so sicher wie das Amen in der Kirche. Dennoch hatte ich immer noch die Wahl.

Ich musste nicht zu Reva in den separaten Spielraum. Ich konnte kneifen.

Doch ich hatte in meinem ganzen Leben noch nie gekniffen.

Und so stand ich wenig später in der Spielhalle an der Kasse und legte eine Hand voll Nuggets auf die Waagschale.

Unterwegs zur Spielhalle war ich zwei Deputys begegnet, die für ihre Bosse die Runden gingen.

Denn Jubal Kenzie und die beiden Taggerts, die saßen jetzt gewiss am Spieltisch, um ihren Krieg fortzusetzen, den Krieg um Reva.

Der Mann hinter der Goldwaage betrachtete mich forschend mit schrägem Blick. Sein dünnlippiger Mund wurde noch dünner, glich nun der Narbe eines Messerschnittes.

Dann sprach er wie beiläufig: »Da haben Sie wohl Glück gehabt. Das sind rund geschliffene Nuggets aus einem Creek.«

»Ich habe sie von meinem Großvater geerbt«, erwiderte ich und sah dann zu, wie er das Gold wog, den Wert ausrechnete und mir den Gegenwert in Chips hinschob.

Er sagte nichts mehr. Aber ich wusste, er würde jetzt einem anderen Mann Meldung machen, dass jemand Nuggets eingewechselt hätte.

Der Eingangswächter zum separaten Spielraum

ließ mich eintreten, nachdem er die Chips in meinen Händen abgeschätzt hatte. Es waren Zwanzig- und Fünfzig-Dollar-Chips, die ich nun in meinen Taschen unterbrachte.

Denn zuerst trat ich an die Bar und ließ mir einen Drink einschenken. Auch wählte ich eine Zigarre aus der Kiste.

Der Barmann sagte: »Neu hier, nicht wahr? Bisher mussten Sie draußen bleiben und um Hühnerfutter spielen.«

Ich grinste ihn blinkend an. Er hielt meinem Blick nur einige Sekunden lang stand, dann senkte er die Augen.

Ich sah zum Pokertisch in der Ecke. Dort saß Reva mit den drei Harten, die ihren vierten Mann noch überlebten. Ja, da saßen Jubal Kenzie, Jesse und Slim Taggert. Und sie alle wirkten ausdruckslos, verschlossen, irgendwie aber auch drohend.

Ja, sie befanden sich im Krieg gegeneinander, im Krieg mit Karten statt Waffen.

Ich konnte nach einer Weile erkennen, dass es dort drüben noch nicht so bald zu einer Entscheidung kommen würde im Spiel um Reva.

Letztere spielte nicht mit, doch sie teilte die Karten aus, und das war für mich das Zeichen, wie wenig die drei Kerle noch einander vertrauten.

Immer wenn Reva die Karten austeilte, da lächelte sie und strahlte ihre ganze Schönheit aus, so als wäre sie eine Kostbarkeit, die es auf dieser Erde nicht noch einmal gab. Sie strömte ständig etwas aus, was gewiss auch all die Kiebitze als suggestive Kraft spürten. Sie war der Mittelpunkt in diesem Raume, die Sonne in dieser kleinen Welt hier innerhalb des Raumes.

Ich spürte es, und ich wusste, dass es allen anderen Anwesenden ebenso erging.

In diesem Raum waren etwa ein halbes Hundert Spieler versammelt. Reva war die einzige Frau. Und alle wussten, um was dieses Spiel da am Pokertisch in der Ecke ging.

Das war längst bekannt geworden, hatte sich herumgesprochen.

Und so spielten sie an den Nebentischen nur zum Schein, sondern beobachteten lauernd und gierig. Denn sie alle wollten dabei sein und miterleben, wer von den drei Harten die Schöne gewinnen würde.

Es herrschte ein spürbarer Nervenkitzel. Sie alle waren angespannt.

Ich blieb an der Bar stehen. Neben mir standen noch andere Beobachter.

Einer murmelte heiser: »Was für ein Spiel spielt die Schöne? Sie teilt die Karten aus, und nur einer kann sie gewinnen. Das ist verrückt, total verrückt. Was für ein Spiel spielt sie?«

Ein anderer Mann lachte leise und erwiderte dann: »Das ist ein Weiberspiel. Und Weiber wollen stets ihre Macht auskosten, sich daran berauschen. Weiber können die besten Freunde zu Feinden werden lassen, Partnerschaften zerstören. Ich sage euch, dass wir das Spiel der Schönen vielleicht niemals werden durchschauen können.«

Als er verstummte, da nickten wir alle.

Und dann ließen wir uns neue Drinks einschenken.

Nach einer Weile murmelte einer: »Und sie waren vier, sind jetzt nur noch drei. Es gibt jetzt nur noch drei Bosse von Canyon City. Ich sage euch, es ist etwas im Gange, was wir noch nicht kapieren können. Nach Butch Lonnegan, den sie alle fürchteten, kam auch Pat Garretter als Toter quer über seinem Pferd in die Stadt zurück. Was ist da in Gang gekommen? Und wie passt das zu diesem Spiel da drüben um die schöne Lucky Queen?«

Als der Mann verstummte, da bekam er keine Antwort. Reva ließ manchmal ihren Blick in die Runde schweifen. Sie tat es lächelnd, und dieses Lächeln verzauberte alle. Im Lampenschein wirkte sie noch hinreißender. Sie trug ein grünes Kleid von der Farbe ihrer Katzenaugen. Und ihr schwarzes Haar glänzte im Lampenschein, fiel ihr bis auf die bloßen Schultern nieder.

Sie war ganz und gar ein Zauber.

Ich war eigentlich hergekommen, um zu spielen. Wozu sonst hatte ich mir Chips für Gold gekauft?

Doch an keinem der anderen Tische wurde ein Platz frei. Und mit mir warteten an der Bar noch fast ein Dutzend Männer auf diese Chance.

Es passierte dann etwa zwei Stunden nach Mitternacht, als Slim Taggert mit einem Fluch seine Karten hinwarf, weil sein Spielkapital verbraucht war, jene zehntausend Dollar also, die jeder von ihnen zur Verfügung hatte.

Er konnte nicht mehr mitbieten und somit nicht mehr im Spiel bleiben.

Er erhob sich und ging hinaus, verschwand durch eine Seitentür.

Wir alle hörten Revas melodisch klingende Stimme freundlich sagen: »Nun gut, Gentlemen, hören wir auf für heute. Es ist genug.«

Sie erhob sich, nahm ihre Beuteltasche und trat vom Tisch weg.

Dabei streifte mich ihr Blick.

Ich wusste Bescheid und beeilte mich, vor ihr den Raum zu verlassen. Da ich der Tür, die hinaus in die Gasse führte, näher war als Reva, war ich vor ihr draußen. Sie beeilte sich offenbar nicht sehr.

Und so hatten sich meine Augen an die Dunkelheit gewöhnt, als sie in die Gasse trat, einen Moment vom herausfallenden Lichtschein umhüllt. Dann schloss sich die Tür hinter ihr. Ich lehnte an der Wand und sagte leise: »Ich bin hier, Reva.«

Sie trat zu mir. Ihre Stimme war nun noch dunkler.

»Gut, Jones, bring mich zum Hotel.«

Wir gingen zum Ende der Gasse und bogen an ihrem Ende nach links ein.

Reva hielt einmal inne und zog sich die zierlichen Schuhe aus, ging dann auf Strümpfen weiter. Aber dann hielt sie inne und sah zu mir hoch: »Ich habe sie fast so weit. Ich spüre ihren gegenseitigen Hass. Ja, sie werden sich wegen mir gegenseitig umbringen, vielleicht morgen schon. Sie begreifen nicht, dass sie diese Stadt und ihre ganze Macht verlieren, wenn sie nur das Spiel um mich in den Köpfen haben.«

Sie lachte leise, und es war ein böser und triumphierender Klang in ihrer Stimme.

Sie war plötzlich eine ganz andere Frau, nicht jene, die mich immer wieder in meiner Hütte besuchte, um mich zu lieben und von mir geliebt zu werden.

Ich verspürte tief in meinem Kern ein Gefühl von Enttäuschung.

Wir gingen weiter. Sie hatte sich bei mir eingehängt. Endlich erreichten wir den Hotelhintereingang.

Als wir verhielten, stellte sie sich auf die Zehenspitzen und küsste mich.

Dann verschwand sie.

Ich stand ziemlich ratlos und verwirrt im Hof.

Nicht weit von mir befand sich das Aborthäuschen. Dort drinnen stöhnte ein Mann und fluchte dann: »Verdammt, was habe ich denn gefressen, dass ich nur noch Brühe scheiße. Oder war ein toter Hund im Brandyfass?«

Ich ging weiter.

Und wenig später war ich unterwegs auf meinem Reb.

In mir waren viele Gedanken.

Doch nach etwa zwei Meilen wurde mir bewusst, dass mir zwei Reiter folgten.

Aber eigentlich war das ja zu erwarten gewesen.

Ich hatte Gold eingewechselt. Jemand hatte das weitergegeben.

Und dann hatten sie herausgefunden, wer ich war, und bei meinem Pferd gewartet.

Ich hielt an und wartete, bis sie vor mir verhielten.

»Nun, Jungs, bringen wir es hinter uns«, sagte ich.

Sie hatten angehalten und schwiegen eine Weile.

Schließlich sprach einer: »Na gut, du hast Gold eingewechselt. Und wir wollen wissen, wo du es gefunden hast. Reiten wir also weiter zum Fundort wie gute Freunde.«

»Und dann?« So fragte ich ganz ruhig, aber mit trügerischer Freundlichkeit.

Sie lachten leise.

»Das wird sich finden«, sprach einer.

Ich schüttelte im Sternenschein den Kopf.

»Jungs, ihr seid an den falschen Mann geraten. Kehrt wieder um. Haut ab! Oder ich mache euch Beine!«

Sie waren Narren, denn sie trieben ihre Pferde nun mit Sporeneinsätzen an.

Und das war mir recht.

Denn auch mein Wallach sprang an. Dabei stieß ich abermals – wie schon einmal – den wilden Schrei eines angreifenden Pumaweibchens aus. O ja, es war ein alter Trick, den ich einst am Pecos von den Comanchen lernte.

Und so bremsten ihre Pferde, bäumten sich auf. Mein Wallach rammte zwischen ihnen hindurch. Und ich schlug dabei zu.

Dann zog ich meinen Wallach herum und wartete, bis sie sich am Boden aufsetzten.

»Oh, ihr zwei Pfeifen«, sprach ich vom Sattel auf sie nieder. »Das ist doch ein uralter Trick, den ich hier schon einmal anwandte. Hat sich das in der Gulch noch nicht herumgesprochen?«

Sie fluchten nur als Antwort.

»Wir kennen dich jetzt besser«, sagte einer heiser. »Der Narr bist du. Denn du hast keine Chance mehr in der Gulch.«

Sie erhoben sich, gingen zu ihren Pferden, saßen auf und ritten zurück zur Stadt. Ich aber unterschätzte ihre Worte nicht.

Ja, sie kannten mich nun besser.

Und ihre Bosse oder deren Stellvertreter, die alle schmutzige Arbeit der Bodenverwertungsgesellschaft verrichteten, würden jetzt mit mir ein Exempel statuieren müssen. Denn ich besaß einen goldhaltigen Claim.

14

Als ich meine Hütte erreichte, näherte ich mich den Felsen zu Fuß. Denn ich musste jetzt ständig mit bösen Überraschungen rechnen.

Mein Wallach verharrte geduldig in einiger Entfernung. Ich durchsuchte zuerst die Umgebung meiner Hütte zwischen den Felsen, dann die Hütte selbst. Dabei hatte ich den Revolver schussbereit in der Hand. Es war dunkel in der Hütte, aber ich verließ mich auf meinen Instinkt.

Als ich dann auf meinem Lager lag, da dachte ich noch einmal über alles nach.

Jetzt spielten nur noch Jesse Taggert und Jubal Kenzie um Reva.

Slim Taggert war aus diesem Spiel. Was würde er tun? Sich als Verlierer an die Regeln halten, ein Looser zu sein, oder …?

Sie alle waren Männer ohne Ehre, Verbrecher, ganz gewiss keine Gentlemen. Burschen ihrer Sorte hielten zusammen, wenn es darum ging, Beute zu machen und gemeinsam zu überleben. Da gehorchten sie jenem Rudelinstinkt.

Doch jetzt ging es um eine Frau, und sie waren Wilde, die sich nahmen, was sie haben wollten.

Was also würde Slim Taggert tun?

Und wer von den anderen beiden Harten würde das Spiel um Reva mit besseren Karten gewinnen – oder weil er der bessere Pokerspieler war?

Ich dachte zuletzt an Sally. Verdammt, warum kam sie mir jetzt wieder in den Sinn?

War es nur mein Respekt vor ihr? Oder hatte sie in mir etwas bewirkt, was mir noch nicht so richtig bewusst wurde?

Denn ich war ja verrückt nach Reva. Ich wollte sie immer wieder haben wie ein Süchtiger eine Droge.

Ich schlief endlich ein nach einem langen Tag und einer ebenso langen Nacht.

Als ich am nächsten Vormittag aus meiner Hütte trat, da hatte ich einen Pfannkuchen mit Speck und einen Topf Kaffee in mir. Und es war ein schöner Tag.

Mir war wieder bewusst, dass ich Gold in einem alten Creek gefunden hatte, der vor vielleicht tausend Jahren an der Oberfläche plätscherte und von den Bergen kam, wo es mal eine Goldader gab.

Es konnten noch viele Goldtaschen in diesem verborgenen Creekbett liegen. Und so war es wohl meine Pflicht dem mir zugefallenen Glück gegenüber, dass ich mich an die Arbeit machte und dabei ehrlich zu schwitzen begann.

Nach etwa einer Stunde – als ich mal verschnaufte –, da kamen meine vier Nachbarn. Sie grinsten, doch Hank Lane grinste am breitesten. Er sagte: »Ich bin jetzt auch auf den verlorenen Creek gestoßen, sechs Fuß tief auf meinem Claim. Und weil das so ist, können wir uns den Verlauf des alten Creeks einigermaßen vorstellen. Wir müssen von hier aus die genaue Richtung bestimmen, also von hier aus gemeinsam weiter den Creek freilegen. Bist du einverstanden, dass wir vorerst auf deinem Claim arbeiten?«

Noch bevor ich nickte, sagte Puck Henderson schnell: »Und wenn deine Schöne zu Besuch kommt, dann machen wir Pause und verschwinden für eine Weile. Wir wollen dich nicht um deine Stunde im Paradies bringen.«

Nun grinsten sie wieder. Aber es war eine freundschaftliche Stimmung zwischen uns, fast so, als wären wir Brüder. Ja, ich mochte sie, denn sie waren mir ja zu Hilfe gekommen – oder hatten es zumindest gewollt –, als ich noch ihr fast unbekannter Nachbar war und nichts zu bieten hatte. Sie hatten mir auch geholfen, die Toten auf deren Pferde zu legen und festzubinden.

Sie hatten Spitzhacken und Schaufeln mitgebracht, Brechstangen, Hämmer und Meißel. Und so arbeiteten wir wenig später zu fünft.

Der Tag verging, und es kam dann die Stunde, in der sonst Reva stets gekommen war. Meine Partner hielten immer wieder mit der Arbeit inne und hielten Ausschau, waren bereit, eine Pause einzulegen.

Doch Reva kam nicht.

Arch Parker grinste und fragte: »Hat sie schon genug von dir, Jones?«

Ich wirkte etwas ratlos, ließ es mir aber nicht anmerken. Doch in meinem Kern spürte ich ein Gefühl von Sorge.

Verdammt, warum kam Reva nicht?

Aber das konnte ich nur in Canyon City herausfinden.

Es wurde Abend. Wir wuschen uns gemeinsam an der Wasserstelle. Tom Kirny sagte: »Auch wir wissen, dass die Bosse von Canyon City um sie spielen.

Die nehmen sich alles, was sie haben wollen. Und wenn wir hier richtig Gold finden, dass es sich lohnt, dann werden sie uns auch unsere Claims wegnehmen wollen. Jones, man muss auf dieser verdammten Erde um alles kämpfen. Werden wir kämpfen?«

Er sah uns der Reihe nach an. Wir hatten noch nackte Oberkörper und trockneten uns ab. Dabei grinsten wir ihn an. Es war ein hartes, störrisch wirkendes Grinsen. So grinsen Männer, die vor einer Herausforderung stehen und bereit zum Kampf sind.

Es war schon tiefe Nacht, als ich auf die Lichter von Canyon City zuritt.

Mit mir ritten oder wanderten andere Männer von ihren Claims oder den Minen zur Stadt. Auch Wagen jeder Sorte waren unterwegs. Und all diese Männer waren voller Hunger nach Sünden. Denn es gab sonst nichts hier in diesem Teil der Welt, was ihnen das Leben lebenswert machen konnte.

Ja, sie wollten sich betrinken, Karten spielen, sich Frauen kaufen – und vielleicht auch raufen. Und manche von ihnen würden später irgendwo in den dunklen Gassen ihren Rausch ausschlafen und von Hunden angepinkelt werden.

Aber das alles gehörte zur Menschheit.

Ich brachte meinen Wallach in den Hof des Mietstalls, denn irgendwie hatte ich das Gefühl oder die Ahnung, dass ich so und nicht anders handeln sollte.

Wenig später trat ich an den Bratstand von Sally und wartete geduldig, bis sie sich um mich kümmern konnte.

Es gab Steaks mit Bohnen für drei Dollar.

»Ich musste das Rind für zweihundertundfünfzig Dollar kaufen«, sprach sie bitter. »Ich weiß nicht, warum ich hier noch hungrige Mägen fülle?«

Sie verließ mich wieder, um andere Gäste zu bedienen. Und sie war angefüllt mit Bitterkeit. Doch wenig später kam sie wieder zu mir, um meinen Kaffeebecher zu füllen.

Im Laternenschein sahen wir uns an. »Zeig nur niemanden deine Nuggets«, sprach sie herb. »Alle hier in der Gulch liegen auf der Lauer.«

Sie verließ mich wieder, denn ihre Bratküche lief glänzend. Dennoch brachte ihr das nicht viel Gewinn.

Ich war noch nicht fertig mit meinem Abendessen, als zwei Männer rechts und links neben mich traten, sodass ich von ihnen eingekeilt wurde.

Die beiden Kerle trugen Blechsterne an ihren Westen, waren also Deputy Marshals.

Einer stieß mir seine Ellbogen in die Seite und sagte: »Slim Taggert will dich sehen. Also komm mit, Texas.«

Er sprach das letzte Wort verächtlich, so als wäre jeder Texaner für ihn der letzte Dreck.

Als ich ihn ansah, da erkannte ich den Grund für seinen Hass. Ja, es musste Hass sein. Denn obwohl er sein Haar ziemlich lang trug, konnte ich erkennen, dass man ihm das halbe Ohr abgeschnitten hatte. Er war als Rinder- oder Pferdedieb markiert worden.

Das war so üblich in Texas. Und wenn man einen so markierten Pferde- oder Rinderdieb abermals erwischte, dann zog man ihn am Hals hoch, sodass er keine Pferde oder Rinder mehr stehlen konnte.

Ich stellte mich arglos und fragte: »He, wer ist denn Slim Taggert?«

Sie lachten kehlig und grollend zugleich.

Der Bursche mit dem halben Ohr sagte: »Mann, wir bringen dich so oder so zu Slim Taggert ins Office der Bodenverwertungsgesellschaft. Wie willst du es haben?«

»Ist das eine Drohung?« Meine Frage klang sanft.

Aber der Mann sagte: »Ich glaube, du bist ein blöder Arsch.«

Nun, das genügte mir.

Sie waren gewiss zwei sehr harte und zähe Burschen, auch schnell mit ihren Revolvern. Wären sie das nicht, dann würden sie hier nicht die Blechsterne tragen und die vier Harten vertreten, von denen es jetzt nur noch drei gab.

Ich goss dem Mann links von mir den heißen Kaffee ins Gesicht und fasste dem anderen Narren rechts von mir an den Hinterkopf, stieß ihn mit dem Gesicht voll auf die Theke des Bratstandes. Dann machte ich den anderen Narren klein, bevor der sich den heißen Kaffee richtig mit dem Ärmel aus dem Gesicht wischen konnte.

Und sie alle am Bratstand staunten. Es waren fast zwei Dutzend hungrige Mägen versammelt. Doch jetzt staunten deren Besitzer nur.

Einer sagte fast wie betend: »Heiliger Rauch! Halleluja!«

Sally war gekommen und sah mich mit großen Augen an.

Ich grinste sie an und sah auf die anderen Gesichter. Und weil sie alle zur einfachen Sorte gehörten, blieb auch ich ganz einfach und auf ihrem Niveau. Denn ich sagte: »Er nannte mich einen blöden Arsch. Hättet ihr euch das gefallen lassen?«

Dann ging ich davon.

Jemand rief mir nach: »O Mann, du bist gewiss noch neu hier.«

Doch ich gab ihm keine Antwort. Wenn ich die beiden Deputys nicht erschießen wollte, durfte ich nicht bleiben.

Nach etwa hundert Yards – ich ging jetzt inmitten eines Stromes von vergnügungssüchtigen Burschen – erreichte ich das große Haus der Grund- und Bodenverwertungsgesellschaft. Mir fiel wieder Slim Taggert ein, und so trat ich vor den Eingang, der von einem Wächter mit einer abgesägten Schrotflinte bewacht wurde.

»Slim Taggert will mich sehen«, sagte ich zu diesem Wächter. »Er hat die beiden Nachtmarshals zu mir geschickt.«

Der Türwächter sah auf meinen Revolver und grinste. »Ohne Kanone lasse ich dich rein.«

Ich nickte, griff langsam nach meinen Revolver, zog ihn langsam aus dem Holster schlug dann blitzschnell zu.

Dann trat ich über den Mann hinweg durch die Tür ein.

Es war ein großer Raum wie in einer Bank. An den Wänden waren Regale. Es gab zwei Schreibtische, die jedoch jetzt unbesetzt waren.

Eine Tür führte in einen zweiten Raum, aus dem eine Stimme fragte: »Wer ist gekommen, Charly?«

»Ach, ich bin es nur«, sagte ich eintretend. »Ihre

Leute nannten mich einen blöden Arsch und wollten mich bei Ihnen vorführen. Ich habe sie klein gemacht, auch den Wächter vor der Tür. Und jetzt sage ich Ihnen, lassen Sie mich in Ruhe.«

Nach diesen Worten wandte ich mich um und ging wieder.

Sein Schweigen folgte mir. Nein, er rief mir nichts nach, denn er wusste Bescheid. Er wusste, das er einen Tiger am Schwanz reißen würde.

Draußen lag der Wächter immer noch vor der Tür am Boden.

Einige Gestalten standen bei ihm. Eine Stimme fragte: »Ist dem schlecht geworden? Hat der was gegessen?«

»Ach, der hat sich am Kopf gestoßen«, erwiderte ich, stieg über den Mann hinweg und ging weiter in die Stadt hinein.

Vielleicht hatte ich wie ein Dummkopf gehandelt. Aber ich war davon überzeugt, dass ich mir Respekt verschaffen musste, so wie es jeder wirklich große Revolvermann getan hätte, Butch Lonnegan zum Beispiel, den ich besiegt hatte. Ja, sie sollten mich für einen Mann wie Butch Lonnegan halten.

Ich machte mich auf den Weg zur Spielhalle.

Denn wo sonst sollte ich um diese Zeit nach Reva suchen?

15

Es waren gewiss mehr als tausend Goldgräber, Minenarbeiter, Frachtfahrer und Gäste aller möglichen Sorten in Canyon City. Und so fiel ich im Strom der Menge gar nicht auf, höchstens dadurch, dass ich die meisten überragte.

Canyon City brummte nur so, summte und lärmte. Gegen Mitternacht würde es wild werden wie ein tobendes Tier. Und zwei der Harten spielten um Reva, vergaßen ihre Stadt und verloren dabei an Macht, weil sie die Stadt drittklassigen Deputys überließen.

Es gab gewiss eine Menge harter Burschen in der Gulch und in Canyon City, die es mit Revolverschwingern wie diesen Deputys aufnehmen konnten.

Das hatte ich ja vorhin demonstriert. Und es würde sich herumsprechen.

Ich betrat wenig später die Spielhalle. Der Türwächter zum separaten Spielraum erkannte mich wieder und ließ mich eintreten.

Mit meinem ersten Blick sah ich Reva.

Sie gab für Jesse Taggert und Jubal Kenzie die Karten aus.

Dabei streifte mich ihr schneller Blick, und ich fragte mich, warum sie an diesem Tag nicht zu mir hinausgekommen war.

Was hatte sie davon abgehalten?

Aber ich konnte nicht zu ihr gehen und sie fragen. Ich musste warten. Es war erst Mitternacht. Deshalb musste ich mich einige Stunden gedulden.

Und so trat ich an die Bar und ließ mir einen Drink geben. Neben mir standen noch andere Männer. Sie warteten auf freie Plätze an den anderen Tischen. Doch die gab es nicht. Es herrschte eine angespannte Stimmung im Raum.

Ein halbes Hundert bevorzugter Gäste – bevorzugt, weil sie in der Lage waren, große Einsätze zu machen – wartete darauf, wer von den beiden männlichen Spielern die Schöne gewinnen würde.

Ja, alle wussten Bescheid. Es hatte sich herumgesprochen. Und so war das eine Sensation. Eine wunderschöne Frau ließ um ihre Gunst spielen.

Ich sah von der Bar her ziemlich genau die Chipsstapel der beiden Spieler. Jesse Taggert musste schon eine Menge verloren haben, denn er besaß nicht einmal mehr halb so viel Chips wie Jubal Kenzie.

Und immer wieder nach jeder Pokerrunde ließen sie Reva die Karten mischen. Dies tat sie langsam, obwohl sie mit ihren geschmeidigen Händen sehr viel schneller hätte hantieren können.

Aber jeder konnte sehen, dass sie unmöglich einen Kartentrick anwenden konnte. Ihre Hand- und Fingerbewegungen waren zu langsam.

Einige Male ließ sie beim Mischen und Kartengeben ihren Blick in die Runde schweifen und sah sekundenlang auf mich.

Die Entfernung von mir an der Bar bis zu ihr am Tisch in der Ecke betrug etwa zehn Yards. Ich konnte für Sekundenbruchteile die Unruhe in ihren Augen erkennen.

Dann senkten sich ihre langen Wimpern wieder. Sie blickte wieder auf den Tisch und ihre Hände.

Neben mir stöhnte einer der Männer und sagte: »Verdammt, warum tut sie das? Was bringt ihr das ein? Sie waren zu viert, als sie abwechselnd um sie spielten. Dann kam einer von ihnen tot in die Stadt zurück, quer über seinem Pferd festgebunden. Und ein weiterer – ich glaube, sein Name ist Slim Taggert, ist schon aus dem Spiel, weil seine Chips alle wurden. Verdammt, was für ein Spiel? Warum macht sie das?«

Als er verstummte, da sagte ein anderer Mann: »Sie ist eine Katze, die mit ihrer Beute spielt, bevor sie sie zu fressen beginnt, ja, sie ist eine Katze, eine Tigerkatze.«

Der Sprecher verstummte überzeugt.

Nun schwiegen wir alle und wussten, dass wir einem besonderen Kampf beiwohnten, der wahrscheinlich zu einer Legende werden würde, zur Legende von einer schönen Frau, die sich als Preis aussetzte, um gegen vier harte Männer Krieg zu führen.

Denn dieses Pokerspiel war Krieg, nichts anderes.

Ich konnte von meinem Platz an der Bar nicht nur Reva gut beobachten, sondern auch in die Gesichter von Jesse Taggert und Jubal Kenzie sehen.

Was ich in diesen harten Männergesichtern erkennen konnte, war ein unter scheinbarer Ausdruckslosigkeit verborgener Hass. Ja, es waren ausdruckslose Pokergesichter, die nichts verraten wollten. Und dennoch spürte gewiss nicht nur ich, dass sich Taggert und Kenzie hassten, weil sie als Spieler gleichwertig waren, keiner gewinnen konnte und dieses Spiel um Reva gewiss noch sehr viele Nächte dauern konnte.

Bei Tage mussten sie sich um ihre Geschäfte kümmern, die Stadt und den Canyon unter Kontrolle halten. Das konnten sie nicht irgendwelchen Deputys überlassen.

Und so bekamen sie gewiss nur wenig Schlaf. Die Ungeduld fraß sie innerlich auf. Deshalb hassten sie sich von Tag zu Tag stärker.

Und Reva teilte ihnen immer wieder die Karten zu, schenkte ihnen ihr Lächeln, das lockend und geheimnisvoll zugleich war.

Ja, sie genoss dieses Spiel, kostete ihre Macht aus.

Und so fragte ich mich, ob sie wirklich zu Herzensliebe fähig war. Fehlte ihr nicht doch etwas? Sie verfolgte kalt und erbarmungslos ein Ziel, nämlich ihre Rache.

Und sie hatte mich für sich gewonnen. Ich war sozusagen das Ass in ihrem Ärmel, das sie irgendwann einsetzen wollte, wenn es um alles oder nichts ging.

Immer mehr begann ich das zu ahnen.

Heiliger Rauch, was war aus dieser Frau geworden?

Damals, als sie sich mir schenkte, war sie noch ein junges Mädchen gewesen.

Und jetzt …

Ich ließ mir noch einmal einen Drink einschenken und verharrte an der Bar wie alle anderen Männer rechts und links neben mir. Wir wurden immer ungeduldiger. Denn das Spiel zerrte an unseren Nerven. Und ständig lag Unheil in der Luft.

Das Spiel hatte keine Sieger. Sie gewannen abwechselnd. Die aufgestapelten Türme ihrer Chips wurden mal kleiner oder weniger, aber dann wuchsen sie wieder.

Es war ein fast grausamer Kampf.

Und so vergingen die Stunden. Auf den Gesichtern von Taggert und Kenzie glänzten Schweißtropfen. Ihre Nerven hielten die Anspannung bald nicht mehr aus.

Und so war es etwa zwei Stunden vor Morgengrauen, als Revas Stimme laut in die atemlos wirkende Stille des Raumes klang: »Hören wir auf für heute. Ich bin müde. Morgen geht es weiter.«

Als ich das hörte, bewegte ich mich wieder wie schon einmal zur Seitentür und glitt hinaus in die Gasse. Denn ich wusste, Reva würde nun kommen.

Ich musste nicht lange warten, dann trat sie im herausfallenden Lichtschein heraus. Und ich sagte wieder: »Hier bin ich, Reva.«

Sie kam schnell zu mir, drängte sich an mich und flüsterte: »Gehen wir, Jones, gehen wir schnell weg. Ich hielt es zuletzt fast nicht mehr aus.«

Wie gingen zum Ende der Gasse, und erst hier hielt sie an, wandte sich mir zu und stellte sich auf die Zehenspitzen, schlang ihre Arme um meinen Nacken, zog sich an mir hoch und küsste mich.

Ihr Kuss war abermals wie süßes Gift, das in mich eindrang und von mir Besitz ergriff.

Als wir uns endlich voneinander lösten, da fragte ich: »Warum bist du gestern Nachmittag nicht gekommen?«

»Ich wagte es nicht«, erwiderte sie. »Zwar ritt ich aus wie immer. Doch Slim Taggert folgte mir in einiger Entfernung. Wäre ich zu dir geritten, dann hättest du ihn wahrscheinlich töten müssen so wie Pat Garretter. Aber er hätte ebenso gut auch dich töten können. Gehen wir.«

Sie hängte sich in meinen Arm ein und zog mich mit. Dabei sagte sie: »Vielleicht kann ich heute kommen. Ich sehne mich doch nach dir.«

Nun, ich brachte sie so wie immer zur Hintertür des Hotels und wartete, bis sie verschwunden war.

Diesmal stöhnte niemand im Aborthäuschen.

Ich machte mich auf den Weg zu meinem Wallach, der im Hof des Mietstalles stand.

Und ich wusste, dass es jetzt gefährlich wurde.

Ich hatte die beiden Deputys klein gemacht, dann den Wächter vor dem Office der Grund- und Boden-verwertungsgesellschaft, und außerdem hatte ich mich mit Slim Taggert angelegt.

Ich musste damit rechnen, dass sie irgendwo auf mich lauerten und auch inzwischen wussten, dass ich Goldnuggets in Chips eintauschte. Sie mussten das alles inzwischen herausgefunden haben. Denn ihr System, mit dem sie alles überwachten und unter Kontrolle hielten, war zu gut. Ihnen blieb in der Gulch – und erst recht in der Stadt – nichts verborgen.

Ich näherte mich dem Mietstallhof von hinten, hielt immer wieder an und lauschte, versuchte auch meinen Instinkt zu befragen.

Im Osten zog das erste Grau hoch und begann die Nacht zu verdrängen. Die Sterne am Himmel verblassten. Es gab keine Schatten mehr. Alles wurde grau und farblos.

Die wilde Stadt war ruhig geworden, tobte nicht mehr, war erschlafft, wirkte wie ohnmächtig. Ich

ging weiter. Dann sah ich die Pferde an der Halte-
stange. Auch mein Wallach stand dort. Es waren
etwa ein halbes Dutzend Pferde. Ihre Besitzer waren
irgendwo in der Stadt versackt, schliefen vielleicht
ihren Rausch aus oder waren noch im Hurenhaus.

Es war alles still. Die beiden Flügel des Stalltores
standen offen. Aus dem Stall klangen die Schnarch-
töne des Stallmannes, der in seinem Schlafverschlag
schlief.

Ich erreichte die Pferde, trat neben meinen Wallach
und löste die Zügelenden vom Haltebalken. Wir gingen rückwärts zwischen den anderen Tieren hinaus.

Einen Moment zögerte ich. Dann schwang ich
mich mit einem so genannten Comanchensprung in
den Sattel. Ich riss den Wallach herum und beugte
mich über seinen Hals dabei.

Als er ansprang, da krachten die Schüsse.

Es waren drei Schrotflinten. Sie hatten mich im
Kreuzfeuer, und ich bot ihnen trotz der noch vor-
handenen grauen Dunkelheit hoch oben auf meinem
Pferd ein gutes Ziel. Sie sahen mich gewiss nur
schattenhaft, aber für Schrotgewehre reichte es. Da
musste man nicht sorgfältig zielen.

Ich hörte das böse Wiehern meines Wallachs,
spürte unter mir, dass er getroffen wurde, und riss
ihn hoch, als er zu stolpern begann.

Dann krachten abermals die Schrotgewehre. Diesmal wurde auch ich getroffen. Die bösen Schrotkugeln gingen in meinen Rücken.

Verdammt, sie hatten mich erwischt. Und ich hatte
sie nicht wahrgenommen im großen Hof, in dem
auch einige Wagen abgestellt waren.

Mein Instinkt für Gefahr hatte mich im Stich gelassen.

Der Wallach trug mich noch aus der Einfahrt hinaus auf die Canyon Street.

Dann fiel er nach einem Dutzend Sprüngen und warf mich ab. Ich rollte durch den Staub, kam hoch und fand mit meinem getroffenen Rücken Halt an einer Hauswand. Sie gehörte dem Schuppen der Futtermittelhandlung.

Mit dem Revolver in der Faust wartete ich.

Lange musste ich nicht warten, dann kamen sie aus der Einfahrt herausgelaufen.

Sie sahen meinen Wallach liegen und wollten nach mir suchen. Weil ihnen klar war, dass sie auch mich getroffen haben mussten, waren sie sorglos.

Als sie mir nahe genug waren und mich an der Hauswand erkennen konnten, da brüllten sie los. Aber ihr Gebrüll ging unter im Krachen meines Revolvers.

Ja, ich gab es ihnen und sah sie fallen.

Aber was nützte mir das? In meinem Rücken saßen Schrotkugeln. Ich spürte das Blut unter meinem Hemd aus den Wunden laufen.

Und so wandte ich mich zur Flucht.

Aber wohin?

Ins Hotel zu Reva konnte ich nicht.

Und da erinnerte ich mich an mein Zimmer in der kleinen Pension von Clara Stone. Dort in der Pension war auch Sally.

Würde sie mir helfen?

Ja, sie half mir. Und auch Clara Stone war wach geworden, als ich stöhnend ins Haus stolperte und an Sallys Tür klopfte, wobei ich halblaut rief: »Komm, Sally, hilf mir!«

Ja, ich brauchte Hilfe. Nun war ich kein stolzer Coltritter mehr, sondern glich einem angeschossenen Wolf, den die Jäger suchten, um ihm den Rest zu geben.

Die beiden Frauen arbeiteten sachkundig an mir.

Clara Stone sprach ruhig: »Schrotkugeln. Wir werden sie mit meinen Stricknadeln herausheben müssen. Das wird höllisch weh tun, mein Junge.«

Ja, sie nannte mich Junge, aber sie war ja auch eine sehr mütterlich wirkende Frau.

Sally sagte: »Der verträgt was, da bin ich sicher.«

Sie holten Wasser, Tücher, einen Schwamm und begannen an mir zu arbeiten.

Einmal sagte Sally: »Du hast dir wohl Feinde gemacht hier in Canyon City und in der Gulch, Jones. Hängt das mit den Nuggets zusammen?«

»Auch«, stöhnte ich.

Dann ertrug ich knirschend vor Schmerz die Behandlung meiner Wunden.

Mrs Stone sprach schließlich sachkundig: »Dein Rücken, mein Junge, ist voller Muskeln. Und die Pulverladung der Schrotpatronen war nicht sehr stark. Sonst hätten sie dich in zwei Hälften zerlegt. Auch deine Lederweste hat etwas aufgehalten. Du wirst es also überleben – aber die Wunden dürfen sich nicht entzünden. Blut genug ist ja geflossen. Doch wir werden noch eine halbe Flasche Brandy draufgießen. Das wird mächtig jucken, mein Junge.«

Ich mochte diese resolute Frau nun noch mehr als zuvor.

Und auch Sally mochte ich jetzt sehr.

Dann konnte ich nur mühsam ein Jaulen unterdrücken. Denn der Schnaps brannte in meinen Wunden. Es waren genau sechs Löcher. Meine Rückenmuskeln hatten die Kugeln gut abgefangen.

Ich hatte Glück gehabt.

Ich lag dann auf dem Bauch und stöhnte erleichtert, als die Schmerzen nachließen.

Die beiden Frauen standen noch eine Weile an meinem Lager und sahen auf mich nieder.

»Ich danke euch«, sprach ich heiser. »Ihr seid wahre Engel. Ja, ich habe mir einige Feinde gemacht, weil ich Gold gefunden und diese Nuggets gegen Chips eingetauscht habe. Doch ich habe zurückgeschossen und getroffen. Sie werden nach mir suchen, kommen vielleicht auch in Ihr Haus, Tante Clara. Sie haben auch mein Pferd getötet, meinen guten Wallach.«

»Aber du lebst«, sprach Sally klirrend, »du lebst.«

Sie verließen mich. Ich hörte sie draußen noch reden. Mrs Stone sagte: »Er hat mich Tante Clara genannt, dieser harte Junge. Woher kennst du ihn, Sally?«

Ich konnte Sallys Antwort nicht mehr verstehen, denn die beiden Frauen entfernten sich.

Knirschend lag ich auf dem Bauch. Und endlich fiel mir auch wieder Reva ein.

Ich war nun nicht mehr das Ass in ihrem Ärmel. Auf mich konnte sie vorerst nicht zählen. Sie war allein auf sich gestellt in ihrem Spiel der Rache.

Denn ich war ausgefallen.

Was würde sein?

16

Ich schlief lange, nämlich den ganzen Tag und die lange Nacht. Dann und wann wachte ich für kurze Zeit auf und begriff, dass ich Wundfieber haben musste.

Dann wieder spürte ich, dass sich die Frauen um mich kümmerten.

Die Stimme von Sally fragte einmal: »Ob diese grüne Pferdesalbe wirklich hilft? Die stinkt ja schlimm.«

»Doch, die wird helfen«, erwiderte Mrs Stones Stimme überzeugt. »Ich habe der Indianerhexe zehn Dollar dafür gegeben. Die muss helfen.«

Ich schlief also immer wieder ein.

Aber irgendwann erwachte ich und hatte einen klaren Kopf.

Es war Vormittag. Sally saß an meinem Bett und hielt eine Schüssel mit Suppe in ihren Händen auf dem Schoß fest.

»Na, da bist du ja«, sagte sie lächelnd. »Eigentlich müsstest du Hunger haben – oder?«

Ich lag immer noch bäuchlings, rollte mich auf die Seite und setzte mich mühsam auf. Mein Rücken spannte, schmerzte ein wenig, benahm sich sonst aber manierlich.

Ich vermochte es nicht zu glauben, aber ich fühlte mich ganz gut. Nur der Hunger war mächtig. Aber Sally reichte mir die Schüssel und den Löffel,

Nach einigen Löffeln Suppe sagte ich: »Dann erzähl mal, Sally, mein Augenstern.«

Sie wirkte sofort trotzig.

»Ich bin nicht dein Augenstern«, sagte sie. »Lass diese Scherze, Jones. Für mich warst du hier nur ein angeschossener Hund, dem man helfen musste, weil er im Grunde ein guter Hund ist.«

Ich erwiderte nichts, sondern löffelte weiter die Suppe aus der Schüssel.

Es tat mir gut, auf dem Bettrand zu sitzen. Ich hatte zu lange auf dem Bauch oder auf der Seite gelegen. Die verharschten Wunden in meinem Rücken schmerzten nur wenig. Ich erinnerte mich wieder daran, etwas im Wundfieber von einer grünen Pferdesalbe gehört zu haben.

Und so fragte ich: »Eine grüne Pferdesalbe …?«

»Du stinkst jetzt noch nach ihr«, erwiderte sie. »Aber du kannst noch nicht baden in Fliederseifenwasser wie eine feine Lady. Dann weichen die verharschten Wunden wieder auf. Du hast Glück gehabt, Satteltramp.«

»Hättest du um mich geweint, Sally?«

»Vielleicht. Ich weiß es nicht so richtig. Vielleicht.«

»Wie lange liege ich schon hier, Sally? Und was ist indes in Canyon City geschehen? Erzähl es mir endlich.«

Sie nickte, und ihr Blick war besorgt.

»Sie suchen nach dir, Jones. Sie wissen, dass du angeschossen bist, und glauben dich noch in der Stadt in einem Loch, in das du dich verkrochen hast. Sie waren auch schon hier bei Clara Stone. Aber die konnte sie davon überzeugen, dass sie niemals so dumm wäre, sich mit ihnen anzulegen und einen angeschossenen Mann zu verstecken, dessen Skalp sie haben wollten. Sie durchsuchten die Zimmer nicht, ließen sich schon in der Diele abweisen. Aber sie könnten wiederkommen.«

Als Sally verstummte, da wurde mir klar, dass ich wegmusste aus diesem Haus. Denn wenn sie noch einmal kamen, nachdem sie erfolglos jeden Winkel in der Stadt durchsucht hatten, dann waren die beiden Frauen wirklich in böser Gefahr.

Ich hatte die Schüssel leer gelöffelt und reichte sie Sally zurück.

»Und was ist noch passiert in Canyon City?«

Sie zuckte mit den Schultern: »Du hast drei Männer böse angeschossen. Und dein Pferd wurde getötet. Es verblutete, weil eine Schrotkugel eine wichtige Ader am Hals aufriss wie ein Messerschnitt. So erzählte man an meinem Bratstand. Und gestern gab es in der Spielhalle im noblen Nebenzimmer eine Schießerei zwischen Jesse Taggert und Jubal Kenzie, die ja – wie jeder weiß in der Stadt und im ganzen Canyon – um die schöne Reva Hattaway spielten. Man sagt, dass Jubal Kenzie das Spiel mit einem Ass gewinnen wollte, das einen Royal Flush zustande brachte. Doch genau solch ein Ass hielt auch Jesse Taggert in seinem Blatt. Sie schossen gleichzeitig. Kenzie war sofort tot. Taggert aber lebte noch einige Stunden.«

Als Sally verstummte, da schloss ich die Augen und stellte mir vor, wie es gewesen sein konnte.

Und es gab nur eine einzige Erklärung für mich: Reva musste beim Mischen und Austeilen ein fünftes Ass ins Spiel gebracht haben. Und weil sich die einstigen Kumpane inzwischen hassten, weil keiner gewinnen konnte und Reva unerreichbar für sie blieb, da genügte dieser Zaubertrick.

Sie hatte ihre Rache beschleunigt, weil auch sie es nicht mehr länger hatte aushalten können.

Nun waren Jesse Taggert und Jubal Kenzie tot.

Pat Garretter war von mir getötet worden.

Und so war nur noch Slim Taggert übrig. Dieser war nun allein der Boss von Canyon City und Chef der Grund- und Bodenverwertungsgesellschaft. Er gab nun allein der ganzen Horde, mit der sie bisher ihr System in Gang hielten, die Befehle. Es mussten viele Handlanger sein. Mit einigen hatte ich ja schon zu tun bekommen. Sie beherrschten die ganze Gulch – und das fing schon damit an, dass sie auf alles, was in den Canyon gelangte, ein Monopol hatten, also die Preise bestimmten. Und wenn irgendwo größere Mengen Gold gefunden oder gefördert wurden, dann erfuhren sie es bald. Dann brachten sie die Claims oder Minen in ihren Besitz.

Es war alles ein ganz einfaches Spiel.

Ich hob die Hand und wischte mir übers Gesicht. Die Bartstoppeln kratzten unter meinen Händen.

Sally sagte: »Du hast kein Pferd mehr. Aber ich könnte mir eins kaufen, um damit auszureiten wie die schöne Lucky Queen, von der sie alle reden. Ich könnte es hier in den Hof hinter Mrs Stones Haus stellen und es mir von dir stehlen lassen. Soll ich?«

Ich sah in ihre Augen und erkannte darin das Funkeln.

Ja, ich musste fort von hier. Sally machte sich Sorgen um Clara Stone, nicht so sehr um sich. Wenn sie mich hier fanden, würde es Mrs Stone büßen.

Und so nickte ich. »Ja, ich muss zurück zu meinem Claim und meinen vier Partnern. Ich habe dort draußen – sieben Meilen von hier etwa – vier Partner. Wir finden Gold in einem freigelegten Creekbett. Und längst weiß die ganze Bande, dass ich Nuggets in Chips umtauschte. Du solltest deine Nuggets niemandem zeigen, Sally.«

Sie nickte und erhob sich.

»Ich kaufe am Nachmittag ein Pferd und reite damit eine Stunde aus. Dann stelle ich das Pferd in den Schuppen hinter dem Haus. Ich fand in deinen Taschen Bargeld. Ich nehme mir hundert Dollar, denn Pferde und Sättel sind teuer in Canyon City.«

Sie ging nach diesen Worten.

Und so war ich allein mit meinen sich jagenden Gedanken und Gefühlen.

Natürlich dachte ich auch an Reva und begann dabei zu erkennen, dass sich etwas in mir verändert hatte im Verhältnis zu ihr.

Was war anders geworden? Ich konnte es so schnell nicht begreifen.

Nur eines war klar: Sie brauchte mich nicht mehr. Mit dem letzten Überlebenden der vier Harten – also mit Slim Taggert – würde sie auch noch fertig werden. Ja, den erledigte sie irgendwie. Da war ich sicher. Sie würde ihre Rache vollenden und dabei strahlend schön und voller Zauberkraft wirken.

Sie brauchte mich nicht mehr.

Sollte ich das bedauern oder erleichtert sein?

Und noch etwas begann ich zu ahnen. Reva würde nicht mehr in meine Hütte kommen, um mit mir »Liebe zu machen«, wie man so sagt.

Denn sie brauchte mich nicht mehr. Ich begann zu ahnen, dass sie ein kaltes Biest geworden war in den Jahren auf der Suche nach den vier Mördern ihrer Eltern. Sie war auf harten Wegen gewandert und hatte ihre Schönheit einzusetzen gelernt.

Und das konnte sie nur berechnend und mit kaltem Herzen. Unser Wiedersehen damals war unerwartet für sie gewesen, aber es kam ihr gerade recht.

Ich erhob mich und wanderte im kleinen Zimmer umher, so gut es ging. Denn ich musste wieder sicher auf meinen Füßen stehen können. Jetzt erst wurde mir bewusst, dass ich völlig nackt war. Die beiden Frauen hatten mich entkleidet, mir das Blut abgewaschen. Und immer wieder hatten sie mir mit der grünen Salbe, die Mrs Stone von einer alten Indianerin kaufte, die Wunden eingerieben.

Als ich mich umsah, entdeckte ich meine Sachen. Sie waren gewaschen und wirkten fast wie neu, lagen zusammengefaltet und gestapelt auf einem Stuhl. Die Hose hing über der Lehne. Auch mein Revolvergurt mit der Waffe hing am oberen Bettpfosten.

Ich begann mich anzukleiden.

Mein Revolver war leer geschossen. Ich erinnerte mich daran, wie ich es den Hurensöhnen, die mir mit Schrotflinten aufgelauert hatten, zurückgezahlt hatte.

Nun musste ich nur noch bis zum Anbruch der Nacht warten.

Sally hatte gewiss schon das Haus verlassen, denn der Mittagstisch war ein gutes Geschäft, wenn auch nicht so gut wie der Abendtisch, wenn die hungrigen Mägen von den Claims und Minen in die Stadt kamen.

Sie würde am frühen Nachmittag ein Pferd kaufen. Ich hätte mir sonst – um hinaus in den Canyon und auf meinen Claim und zu meinen Partnern zu kommen – eines stehlen müssen. Doch ein Texaner von meiner Sorte war kein Pferdedieb.

Es klopfte an die Tür.

Clara Stone trat ein, hielt inne und betrachtete mich aufmerksam.

»Gut, mein Junge«, sprach sie dann, »gut. Wissen Sie eigentlich, dass Sally Sie liebt, richtig mit dem Herzen liebt, so wie eine Frau einen Mann lieben sollte, der es verdient? Verdienen Sie es, mein Junge?«

Ich hob die Schultern und wirkte gewiss etwas ratlos.

»Vielleicht«, murmelte ich. »Aber ich werde mir Mühe geben.«

Sie nickte nur und ging wieder.

Es war kurz vor Mitternacht, als ich die kleine Hütte und den Claim von Hank Lane erreichte. Er lag am weitesten von meinem Claim entfernt. Ich konnte die Felsengruppe, die meinen Claim umgab, nur undeutlich erkennen, mehr erahnen. Denn es war eine dunkle Nacht.

Ich verhielt eine Weile und lauschte.

Es war still in weiter Runde. Nur da und dort im Canyon waren noch Lichter, leuchteten rote

Feueraugen, besonders an den Hängen, wo sich die Minen befanden.

Nach einer Weile rief ich halblaut: »Hoiii, Hank Lane, hörst du mich?«

»Und wie«, klang es aus der Hütte. »Ich hörte deinen Gaul schon furzen, als ihr noch mehr als hundert Yards entfernt wart. Bist du das, Jones O'Hara?«

»Wer sonst, Hank, wer sonst?«

Ich ritt nun dicht an die Hütte heran. Als ich absaß, empfing mich Hank mit einem Gewehr im Hüftanschlag. Obwohl es sehr dunkel war, konnte ich erkennen, wie er sich schnaufend entspannte.

»Da bist du ja. Wir haben von deinem Kampf in Canyon City gehört. Tom Kirny ist hingeritten und hat deinen toten Wallach besichtigt. So wussten wir, dass du in die Klemme geraten warst. Und gestern kamen zwei Revolverschwinger, die nach dir suchten und uns sagten, dass wir verschwinden sollten. Jones, man hat herausgefunden, dass wir ein altes Creekbett freilegen und Gold finden. Wir sollen hier alles aufgeben und verschwinden. Sie setzten uns ein Ultimatum. Komm herein und erzähl mal! Es gibt eine Menge Gerüchte in der Gulch.«

Ich schüttelte den Kopf. »Wir treffen uns in meiner Hütte«, entschloss ich mich. »Bring Kirny, Parker und Henderson mit. Dann muss ich alles nur einmal erzählen.«

Ich wandte mich ab, nahm das Pferd an den Zügeln mit. Es waren ja kaum mehr als fünfzig Yards bis zu meiner Hütte zwischen den Felsen.

Ich saß auf dem Bett in meiner Hütte und erinnerte mich an die Liebesstunden, die ich darauf mit Reva verbrachte.

Doch das war wohl vorbei. Ich ahnte es ziemlich sicher.

Sie kamen herein und füllten den kleinen Raum. Und sie hatten ihre Gewehre mitgebracht. Im Laternenschein betrachteten sie mich.

Arch Parker sagte: »Du siehst aber nicht besonders rüstig aus, Texas-Jones.«

Ich grinste trotzig und erwiderte: »Morgen zeige ich euch bei Tageslicht sechs verharschte Kugellöcher in meinem Rücken. Zwei mitleidige Engel haben mir die Schrotkugeln mit Stricknadeln herausgehebelt, vielleicht auch geschnitten – ich weiß es nicht so genau.«

Nach diesen Worten ließ ich die Brandyflasche kreisen, die ich unter dem Bett hervorgeholt hatte. Und dann erzählte ich ihnen die ganze Geschichte.

Sie schwiegen eine Weile, dachten nach und nickten, weil sie nun alles begriffen hatten. Dann sagte Hank Lane: »Wir haben die vergangenen Tage hier hart gearbeitet, den verlorenen Creek auf zwanzig Yards freigelegt und einige Goldtaschen gefunden. Und weil das so ist, lassen wir uns nicht vertreiben. Was denkst du, Jones?«

»Die sollen nur kommen«, sagte ich und grinste. »Im Canyon hat sich eine Menge verändert. Wir haben es nur noch mit diesem Slim Taggert zu tun. Und auch das muss sich in der Gulch herumgesprochen haben. Wenn sie uns von unseren Claims vertreiben können, dann müssen das alle anderen Claimbesitzer befürchten, sobald sie fündig werden.«

Als ich verstummte, da nickten sie.

Puck Henderson fasste es dann mit den Worten zusammen: »Wenn uns niemand zu Hilfe kommt, dann verdienen sie es nicht anders, dass man auch sie von ertragreichen Claims verjagt. Die ganze Gulch muss gegen die Banditen der Grund- und Bodenverwertungsgesellschaft ein Exempel statuieren.«

17

Sie kamen zwei Nächte später, denn die Frist, die sie uns gesetzt hatten, war verstrichen. Und sie waren eine wilde Horde von mehr als zwei Dutzend Revolverschwingern.

Wir warteten zwischen den Felsen auf sie, und sie kamen ziemlich sorglos und waren sich ihrer Sache sehr sicher.

Aber wir gaben es ihnen aus fünf Gewehren und auch mit meinem Revolver.

Da zogen sie sich zurück und ließen drei Tote liegen, hatten auch einige Verwundete.

Dann aber – in den nächsten zwei Nächten – fand der Kampf erst richtig statt.

Ich wusste, Slim Taggert konnte sich mit der Grund- und Bodenverwertungsgesellschaft keine Niederlage erlauben. Sie mussten uns klein machen, besiegen, ein Exempel statuieren und wieder einmal mehr demonstrieren, dass der Stärkere immer Recht hat, wo es nur diese Art von Recht gibt und zum Gesetz wird.

Wir kämpften jede Nacht. Lane und Henderson wurden böse verwundet, doch sie kämpften dennoch weiter.

Das Krachen der Gewehre schallte meilenweit in diesen Nächten durch den Canyon, und sie alle, die den Kampf hörten, die wussten, um was es ging.

Nur wenn es Tag wurde, bekamen wir Verschnaufpausen, konnten auch unsere Verwundeten pflegen, selbst ausruhen.

Am letzten Tag sagte Hank Lane bitter: »Dieser Canyon steckt voller Feiglinge. Uns kommt keiner zu Hilfe, verdammt! Sie wissen genau, dass wir auch für sie kämpfen, aber das kümmert sie nicht. Vielleicht neiden sie uns auch, dass wir fündig wurden, sie aber nicht.«

Wir schwiegen zu seinen Worten.

Und dann begann die dritte Nacht.

Sie kamen wieder von Canyon City herangeritten, eine starke Horde auf galoppierenden Pferden. Sie bildeten einen Ring um die Felsengruppe. Und wir schossen wieder mit unseren Gewehren auf alles, was sich draußen bewegte. Das Krachen der Schüsse erfüllte abermals den ganzen Canyon.

Dann sagte Arch Parker bitter: »Jungs, ich habe bald keine Munition mehr für meinen Spencer-Karabiner.«

»Ich auch nicht«, knirschte Tom Kirny von der anderen Seite.

Es wurde still. Auch die Belagerer machten offenbar eine Pause.

Doch dann hörten wir etwas in der Ferne.

Es war Hufschlag, gewaltig starker Hufschlag von gewiss mehr als hundert galoppierenden Pferden.

Und so fragten wir uns, wem man da zu Hilfe kam, uns oder unseren Belagerern? Aber das stellte sich dann schnell heraus.

Denn unsere Belagerer ergriffen die Flucht, waren gewarnt worden. Sie sausten los in Richtung Canyon City. Und das starke Aufgebot jagte hinter ihnen her.

Aber ein Reiter kam zu uns, rief uns vorher an, dass wir nicht schießen sollten.

Und so ließen wir ihn zwischen unsere Felsen.

Es war ein bulliger Mann auf einem Maultier. Und er sprach vom Sattel aus zu uns:

»Jungs, wir haben unter Reverend Bullock ein Vigilantenkomitee gegründet. Bullock hat uns überzeugt, dass es nicht so weitergehen kann. Jetzt räumen sie in Canyon City auf. Wollt ihr mitreiten?«

»Nein«, erwiderte ich. »Auf was könntet ihr sonst stolz sein, wenn wir euch auch jetzt noch helfen müssten?«

Der Mann lachte röhrend und rief: »Recht habt ihr, Jungs!«

Und dann ritt er dem Vigilantenaufgebot nach.

Wir verharrten eine Weile wortlos.

Hank Lane sagte dann: »Seht ihr, dieser Canyon steckt doch nicht voller Feiglinge.«

Es war am nächsten Tag am Nachmittag. Wir arbeiteten hart, legten das Kies- und Sandbett des verlorenen Creeks frei. Und je weiter wir uns von der Felsengruppe entfernten, umso tiefer mussten wir gehen und wegschaufeln, was Jahrtausende auf den Creek häuften, nachdem dieser kein Wasser mehr von den Bergen in sein Bett bekam.

Wir fanden am frühen Nachmittag abermals eine so genannte »Goldtasche« und waren dabei, alle Nuggets in Hank Lanes Hut zu sammeln, als uns drei Reiter besuchten.

Hank Lane und Puck Henderson waren vor zwei Nächten verwundet worden, aber sie hatten mit uns gearbeitet.

Nun sahen wir alle den drei Reitern entgegen. Einen kannten wir schon. Er war der bullig wirkende Besucher auf dem Maultier. Und er war es auch jetzt, der zu reden begann, nachdem sie vor uns anhielten.

»Vielleicht interessiert es euch«, sagte er und grinste breit. »Wir haben die ganze Bande klein gemacht. Ich sehe, ihr habt auch hier die Toten weggeräumt. Also seid ihr ordentliche Menschen. Ganz Canyon City und auch der ganze Canyon sind euch zu großem Dank verpflichtet. Wir alle konnten nicht mehr lange zusehen, wie diese Bande euch belagerte und höllisch zusetzte. Und so bildeten wir das Vigilantenkomitee. Es hat sich eine Menge verändert. Slim Taggert wurde erschossen, als er seine Banditen gegen unser Aufgebot angreifen ließ. Und als er tot war, gaben sie alle auf und ergriffen die Flucht. Jetzt hat sich eine Verwaltung in Canyon City gebildet. Wir wählten Reverend Bullock zum Bürgermeister. Und ich vertrete alle Goldgräber des Canyons und bin Vorsitzender des Vigilantenkomitees. Es hat sich also alles zum Guten verändert. Und ihr habt durch euren Widerstand den Anfang gemacht. Viel Glück, Jungs, auf euren Claims! Wir haben nun auch ein integres Claim- und Registrieroffice geschaffen. Alles wird in den kommenden Tagen zu einer verwaltenden Ordnung werden.«

Er hatte nun alles gesagt. Sie ritten wieder an, um überall im Canyon mit den Menschen zu reden.

Wir sahen ihnen schweigend nach.

Dann sagte Arch Parker fast feierlich: »Es ist, wie wenn ein Körper von einer bösen Krankheit befallen ist und sich in diesem Körper gute Gegenkräfte bilden, die dann stärker werden und zur Gesundung führen. Oder ist es nicht so zu vergleichen?«

Wir staunten Puck an.

Dann sprach Hank für alle: »Arch, könnte es sein, dass du in deinem früheren Leben mal ein Philosoph warst, der zu denen gehörte, die unsere Welt schlauer machten?«

Doch Arch schüttelte den Kopf.

»In meinem früheren Leben war ich ein stolzer Hahn, der jeden Tag einige Dutzend Hennen beglücken konnte.«

Wir lachten, dann aber arbeiteten wir weiter.

Denn auch uns hatte das Goldfieber erfasst. Wir wussten, dass wir noch weitere Goldtaschen finden würden, so als hätte sie ein guter Geist damals hier für uns versteckt.

Auch ich arbeitete hart. Es wurde später Nachmittag, und ich dachte jetzt immer intensiver an Reva.

Aber sie kam auch heute nicht. Warum nicht?

Sollte ich nach Canyon City reiten, um dort nach ihr zu sehen?

Aber sie musste längst wissen, dass wir hier einige Tage und Nächte belagert worden waren und um unser Leben gekämpft hatten. Sie hätte sich Sorgen machen müssen um mich.

Es war am nächsten Vormittag, als sie angeritten kam. Wir waren auf unseren Claims in unseren Hütten geblieben, hatten die Stadt gemieden.

Als sie angeritten kam, hielten wir bei unserer Arbeit inne.

Sie ritt an uns vorbei und verschwand zwischen den Felsen, wo ja meine Hütte stand.

Hank Lane sagte. »Du hast es gut, Jones. Zu dir kommt die schönste Frau der Welt geritten, um sich in deiner armseligen Hütte beglücken zu lassen. Dabei könnte sie leicht wie eine Königin in einem Palast leben.«

Ich gab ihm keine Antwort, sondern machte mich auf den Weg.

Reva war noch nicht abgesessen. Sie wartete im Sattel ihrer roten Stute auf mich. Und ihre Stimme klang kühl, als sie sprach: »Es ist also nun alles vorbei, Jones, alles. Sie sind tot. Als es mir zu lange dauerte, habe ich ein fünftes Ass ins Spiel gemischt. Ich wollte ein Ende.«

»Das dachte ich mir«, murmelte ich. »Als ich hörte, warum sie sich gegenseitig umbrachten, war mir das klar.«

Ich stand nun dicht bei ihr und ihrem Pferd.

Sonst hatte ich sie stets vom Pferd gehoben, um ihren Körper zu spüren, der sich voller Feuer und Verlangen an mich schmiegte.

Doch jetzt spürte ich, dass dies alles eine Lüge gewesen war.

Für sie war ich mit meinem schnellen Colt wie ein Ass im Ärmel gewesen.

Jetzt brauchte sie es nicht mehr.

Ich trat langsam zwei halbe Schritte zurück.

»Du willst die beiden Satteltaschen voller Geld abholen, die du mir damals brachtest, nicht wahr?«

Sie nickte stumm, zögerte und sagte dann: »Ich brauche das Spielgeld. Weißt du, ich wurde eine

Spielerin. Und wie ich hörte, findet ihr hier Gold. Du brauchst als nichts von meinem Geld. Ich hätte sonst mit dir geteilt.«

»O ja, das hättest du gewiss«, sagte ich grinsend.

Dann ging ich an ihrem Pferd vorbei und erreichte nach zwei Dutzend Schritten jenen Felsen, in dessen tiefer Spalte ich die beiden Satteltaschen verborgen hatte.

Sie wartete geduldig im Sattel, machte keine Anstalten abzusitzen, zeigte mir so sehr deutlich, dass zwischen uns alles vorbei war.

Eigentlich war sie eine eiskalte, berechnende Hure, die mir die ganze Zeit etwas vorgemacht hatte.

Ich brachte die Satteltaschen zu ihr und legte sie über den Pferdenacken.

Reva sah auf mich nieder.

Ihre Stimme klang seltsam weich, als sie sagte: »Leb wohl, Jones. Weißt du, als sie damals meine Mutter vergewaltigten, da ist etwas in mir gestorben. Ich kann nicht mehr mit dem Herzen lieben. Viel Glück!«

Sie ritt davon.

Und ich sah ihr nach und hatte Mitleid mit ihr.

Es war drei Wochen später, als ich in die Stadt ritt auf jenem Pferd, das Sally für mich gekauft hatte.

Es war spät in der Nacht. Sally hatte ihren Bratstand schon geschlossen. Sie und der Chinaboy machten nur noch sauber.

»Es gibt nichts mehr«, sagte sie. »Du hast dich lange nicht blicken lassen, Jones O'Hara. Was willst du jetzt von mir?«

»Komm mit mir heim nach Texas«, sagte ich. »Dort will ich zwischen Pecos und Davis Mountains für uns eine Ranch kaufen. Du könntest es mit mir versuchen, Sally. Oder magst du keine Rinder und Pferde auf einer schönen Weide?«

Sie sah im Laternenschein kritisch zu mir hoch.

Dann wandte sie sich nach dem Chinaboy um. »Shang, ab sofort gehört dir der Bratstand. Du bist nun selbstständiger Unternehmer.«

ENDE

Sehr geehrte Leserin, sehr geehrter Leser,

Falls Ihr Buchhändler die **G. F. Unger-Taschenbücher** nicht regelmäßig führt, bietet Ihnen die ROMANTRUHE in Kerpen-Türnich mit diesem Bestellschein die Möglichkeit, diese Taschenbuch-Reihe zu abonnieren.

Hiermit bestelle ich bis auf Widerruf bei ROMANTRUHE,
Röntgenstr. 79, 50169 Kerpen-Türnich, Tel-Nr. 02237/92496,
Fax-Nr. 02237/924970 oder Internet: www.Romantruhe.de

☐ - **G. F. Unger-Erstauflage**   Euro 22,50 = 6 Ausgaben
☐ - **G. F. Unger-Neuauflage**   Euro 45,00 =12 Ausgaben.
                (gewünschte Serie bitte ankreuzen.)

Die Zusendung erfolgt jeweils zum Erscheinungstag. Kündigung jederzeit möglich. Auslandsabonnement (Europa/Übersee) plus Euro 0,51 Porto pro Ausgabe.

Zahlungsart: ☐ - jährlich ☐ - 1/2-jährlich ☐ - 1/4-jährlich
                      ☐ - monatlich (nur bei Bankeinzug)
Bezahlung per Bankeinzug bei allen Zahlungsarten möglich.
Bitte Geburtsdatum angeben: ___ / ___ /19___
Name und Ort der Bank: _____

Konto-Nr.: _____ Bankleitzahl: _____

Name: _____ Vorname: _____

Straße: _____ Nr.:_____

PLZ/Wohnort: _____

Unterschrift: _____ Datum:_____
(bei Minderjährigen des Erziehungsberechtigten)

Die Bestellung wird erst wirksam, wenn sie nicht innerhalb von zwei Wochen ab dem auf die Aushändigung dieser Belehrung folgenden Tag schriftlich (zweckmäßigerweise per Einschreiben bei: Romantruhe, Röntgenstr. 79, 50169 Kerpen-Türnich) widerrufen wird. Zur Wahrung der Frist genügt die rechtzeitige Absendung des Widerrufs. Dies bestätige ich mit meiner

2. Unterschrift:_____Datum:_____

Wenn Sie das Buch nicht zerschneiden möchten, können Sie die Bestellung natürlich auch gerne auf eine Postkarte schreiben.

G. F. Unger ist der erfolgreichste Western-Schriftsteller
deutscher Sprache. BASTEI-LÜBBE veröffentlicht in dieser Reihe exklusiv seine großen Taschenbuch-Bestseller.

Viele Wege – viele Kämpfe

Sämtliche Digger von Lucky Ben vertrauten mir ihr Gold
an, und sämtliche Banditen der Black Hills jagten
mich …

ISBN 3–404–43405–6

BASTEI
LÜBBE